För uns Mama

as een lütt Dankeschön

Magda Hartwig-Koosmann

Von Immen
un
sülwst knütt Strümp

Een Kinnertied in'n Wendland

Frank Wagner
Wesselburen und Hamburg

Federzeichnungen und Einbandgestaltung
von Manfred Schlüter, Hillgroven

Herstellung: Buchdruckerei Dieter Broschat, Hohenwestedt

Frank Wagner Verlagsbuchhandlung, Wesselburen und Hamburg
2. Auflage 1987
ISBN 3-922614-11-6

Wat in düss Book steiht

Een lütt Wort vörweg

So geiht dat nich wieder!

Dor komen luter frömde Lüd, Hambörger un Berliner, föhrn eenmol dörch dat Wendland, lesen een poor „Quellen“, moken poor Biller, un denn schriewen düss „Experten“ een kloog Book no anner, un up hochdütsch, versteiht sick.

Dat ward Tied, dat ok mol eener wat up platt schriwt, hew ick mi seggt.

Nu bin ick jo in Wendland geborn, un hew dor fiefuntwintig Johr lang lewt, also nich bloß mol eben dörchföhrt.

Magda Hartwig-Koosmann

Von Immen un sülwst knütt Strümp

Wat harr uns Kinnertied schön wesen künnt, wenn dat twee Soken nich gewt harr:

De Immen un de sülwst knütt Strümp!

In Winter piesackten een de Strümp un in Sommer de Immen.

Wat wär dat een Lewen, wenn wi in Fröhjohr Kneestrümp antrecken dörften. Doch denn güng ok all dat Mallör mit de Immen los.

Wenn ick de Klogschieters all hören do:
„Bienen stechen doch nur, wenn man sie angreift."

Mi hewt se fiefuntwintig Johr lang angelt, un ick harr jem bloß een eenzig Mol wat don. As ick dree Johr old wär, stöker ick mit een Stock in Fluglock rüm.

Ganz Woch künn ick nix seehn, so dick wärn mien Ogen toangelt. Ick spöle ganz alleen in een Eck. Denn sä ick to Mama:
„Mama, nu kann ick di all wedder een beeten seehn!"

Uns Dörp

Mit uns Mama schüll dat losgohn. Mudder Griepsch, de Hebammsch, wär all dor. Uns Oma harr schlapp mokt un to Bett packt warn müst. Papa harr „Sonderurlaub“ von Krieg. Nu seet he in Kök un harr de Büx vull. Tante müss komen. Wär mol wedder Not an Mann. Unkel un Tante wohnen in een schmucke Buernhus, de mit Groot Dör no Dörpplatz wiese, so as al anner Strohdackhüser in uns Rundling. Tante löt ehr Höltentuffeln vör Stuwendör stohn un krempel de Armels up. „Beeten anner Gesicht müst du erst noch moken,“ sä se to Mama. Mien Schwester wär all twee Johr old, nu luerten se al up een Jung. Doch ick hew jem anfleit. „Wedder een Deern“, jammer Opa. Noch mol hett uns Papa dat denn nich riskiert. So blewen wi twee Deerns. Man bloß een Deern, dormit harrn se mi bannig vertörnt. Ick schnacke twee Johr lang keen Wort mit jem. Un mit keen eenzig Tähn un Hoor hew ick jem een Freid mokt; dorför hörten mi de krummsten Beens von ganz Dörp. Mit mi wär keen Staat to moken. Dat markten ok bald de Nowerskinner. Mien Schwester müss mi jo ümmer mitschlepen. Ick wär de Lüttest, de Bangste, de Stiefste, de Langsomste un al Tied de Letzte, de Achterst.

Dörpsch Kinner hört ganz Dörp. Alles is ehr: Jede Schün, jede Böden, jede Brüch, jede Pump, jede Borm, jede Bom, ok de Bohnhoff un de Schienen. Mi höre nix. Öwer de Brüch güng ick nich röwer, de wär to schmall, man künn sachts in Beek fallen. In Borm künn man ok rinfallen, dor blew ick wiet von af. Von Bom künn man runnerfallen un sick de Beens breken, ok von Schünböden passiere sowat leicht. Öwer Buer Möllers Hoff güng ick nich. Ick harr Bang för de Puderhohn, de gluckse so gefährlich mit sien rode Hals. Öwer Rieckens Hoff güng ick nich wegen de bissig Hund. Du weetst doch, de Letzten bieten de Hunnen, un wer wär de Letzt? Ick. So ok up de Iesenbohnschienen. Ick keek bloß ümmer no hinnen, ow dor ok keen Zug köm. Dat wär een grulich Ding, schwart as de Deiwel, mit Damp un Füer. Und dat Fleiten güng een dörch

Mark un Been. L P stünn up de witt Brett, wo de Lokomotiv ümmer Krach mök. Ick künn jo noch nich lesen, öwer de groot Kinner sän, dat heete „Ludwig pinkelt". Uns Opa heete Ludwig. Ow he dor woll mol . . . . ? Frogen müch ick em dor nich no.

Un wat höre uns von feine Dörp ! Wi löpen in de klor iskoll Möhlenbeek in eens bett no de Möhlendiek hen. Eeken un Böken stippten ehr grön Tacken meist bett in Woter rin; man güng as dörch een groot, grön Tunnel. Wer rasch nog wär, künn sogor Forellen griepen. De Woterrotten reeten ut, wenn wi angeplanscht kömen.

Am lewsten spölten wi in dat Ellernholt an Köhbeek. Dor künn man uns to jede Tied finnen. Rin wogen wi uns in düss Beek nich, in sien Mos un Dreck harr all mannigeen Höltentuffel verschütt gohnt, un jedesmol geew dat een Norsfull. Denn Geld wär knapp un dat Ledder ok. In Winder verwannele sick de Matschbeek in een herrlich Iesbohn. Schleeden geew dat nich to köpen, doch von Schwart Markt in Hamborg bröche Papa uns een mit. Up Schwart Markt künn man glieks no Krieg, in de wilde Tied, alles intuuschen. Man dörfe sick bloß nich dorbi fotkriegen loten ! Un een uroll Stohlschleed stünn ok noch up Böden. In dat wormstichig Ding paßten fief Kinner rin, dree up Sitz un twee tensföten. Eener schöw, un denn güng dat mit Karacho de Beek lang, twer öwer de Brüggen weg. De oll Schleed stöhne un ächze in al sien Fugen, bett he eenes goden Dages uteenannerbrök.

Hüt löpt de Köhbeek in Rohren ünner Erd lang un is all meist vergeeten. In de Möhlenbeek kannst du ok hüt noch Forellen seehn, öwer so klor un rein as domols is he all lang nich mehr. Un wat harrn wi von geruhsom Dörp. De Minschen wärn nich so birsig un harrn dat nich so hill as hüt. Halw Nacht hört man hüt de Treckers de Stücken up- un awbrummen. Fröher geew dat noch Fierobend in uns Dörp. Denn seeten de Lüd vör Groot-Dör up Bänk; de Kerls steeken sick ehr Piep an, un de Froens harrn dat Knütteltüg parat. Fernseehen und so wat bruke keener. Man keek, wat so no Dörp rin- oder rutköm un schnacke von dütt un dat.

Wi Kinner spölten up Stroot Schlagball oder molten uns een Huckekassen. Up Autos bruken wi nich uptopassen, dor föhre al twee Dog man een vörbi.
Un wat harrn wi von grön Dörp. Köm man von achtern, von de Wischen her no Dörp ran, künn man bloß uns Giebel seehn, al anner Hüser versteeken sich ünner groot Eeken un Linnenböm. Un hüt? Ick mütt lang söken no een von de oll Böm ut mien Kinnertied. Eekenholt is düer. Doch wölk sind noch dor, poor Eeken un de beiden Kasteinchen up Dörpplatz. De sünd in „Dusendjährig Riek" plannt un up „Hermann" un „Adolf" döfft. Tum Glück weet dat hüt man noch een Handvull Lüd, un de holen ehr Schwiegstill.
Un denn de Tieren. Ick meen nich dat Veeh in Stall, ick meen de Schwöboken un de Hannötters, de jede Fröhjohr wedder in uns Dörp kömen. Bi uns in Hus booten ümmer twee Päärchen, een up Groot Däl un een in Schwienstall. Wi nüdlich seech dat ut, wenn de Lütten mit ehr geel Schnobels öwer Nestrand keeken. Wölk Strohdackhüser in Rundling harrn ganz boben in Giebel noch een Uhlenlock un een Uhl up Böden.
Hüt findst du keen Poggenkuhl mehr, wegen de Flurbereinigung. De oll Hüser sind awreeten oder ümboot. Dor is weder Platz noch Nohrung för Schwöbok un Hannötter, von Uhlenlöcker un Uhlen ganz to schwiegen. Dat Veehtüg mökt jo ok bloß Dreck, schitt de Dack un de Däl vull un bringt nix in. Mien Dörp, wi arm hest du wörn!
Dor giwt dat hüt feine glatte Strooten, Strootenbeleuchtung, Woterleitung, Kanalisation un Müllabfuhr, keener kippt mehr sien Scharweln no Holtbusch rin. Un doch müch ick mi lever de Höltentuffeln noch mol vull Dreck tüppen in uns oll Rundlingsdörp, as hüt in een Allerweltsdörp rein Schoh to beholen.

„Schnack doch platt", sä ick mol to Nowers Deern, „wi hewt doch twintig Johr platt tosomen schnackt". „Ach, ich kann das gar nicht mehr", meene se. Kann man denn sien Muddersprook vergeeten? Eher de Flüchtlings kömen, höre man in ganz Dörp keen Wort

Hochdütsch, de ganz oll Lüd künnen dat gor nich richtig un wullen dat ok nich. Doch denn heete dat mit eenmol: „Wir müssen unsere Kinder Hochdeutsch lernen, sonst bleiben sie in der Schule dumm". Du kannst di dor nich rindenken! Se harrn dat lewer loten schüllt. „Mach den Pört auf un laß den Wehnack rein" oder „Laß den Lüchter nich in den Borm fallen". Na, wat schüll dat woll heeten? Wär dat nich leeg? Mien Schwester un ick lernten Hochdütsch erst in School, as „Erste Fremdsprache". Ick meene ganz stolz: „Nu kann ick Hoch- un Doldütsch".

„Deerns, schall ick ju wat vörlesen?" frög Papa. Wi löten uns nich lang nöden; Papa künn fein vörlesen. „Wat willen ji denn düttmol hören, wat ut de „Osterhosenbook"?

Das weiß heut jedes Vogelnest,
beim Osterhasen gibt's ein Fest. . . .

oder schall ick ju wat ut mien oll Lesbook öwersetten?"
Papa lees uns al de Geschichten up plattdütsch vör. Dat künn he ganz fix. „Ut Lesbook", sän wi. Nu füng Papa an

Das Abenteuer im Walde von Johannes Trojan

up platt vörtolesen.

Dat wär spannend. Wi de Eemek, de Käwer, de Schnecke un anner lütt Tiern sick dat ünner een groot Pilz komodig moken, bett een Ütsch kümmt un jem rutjögt in Nacht un Regen. „Schnecke, wo bist du?" les Papa grod, as mien Schwester anfüng to blaren. O, nich all wedder! Ümmer wenn dat spannend wör, güng dat Theoter los. Mama köm rin un schille Papa ut: „Du schast de Deern doch nich ümmer so upregen!" „Liss doch wieder," dauernd lewe ick in Angst, de Enn von de Geschicht nich to weeten to kriegen. Mama nöm mien Schwester mit rut, und Papa lese mi de Geschicht tomenn vör. Ow de „Erpel Schnatt" nu in Ofriko von de Oopen fungen wör, oder de Kinner ut mien „Teddybärenbook" vergeeten de Bären in Gort, ümmer geew dat Tronen un de Angst üm dat Wiederlesen. Doch jedesmol, wenn Papa frög: „Schall ick ju wat vörlesen?" harr mien Schwester dat am düllsten up Liew.

Von Kornblömer un Poggenkuhlen

Sönndags nöhm Papa uns an Hand un güng mit uns no de Feldmark rin, mol seehn, wi dütt Johr up Kuneitz dat Korn steiht. Wendisch Flurnöm as „Kuneitz“, „Beitsein“, „Zeideik“, „Kleitsch” un „Perpeitschen“ hewt sick bett hüt bi uns erholen, un keen von de Dörpschen weet so recht, wat se eegentlich bedüden.

„Gohn wi öwer Gemeenheitskuhl, Papa, dor gohn wi so gern lang“, sän wi. Dat wärn twee Poggenkuhlen, in Sommer löten wi de Köh dor supen, un in Winder tögen wi mit uns Schleeden dor hen. In dat Holt rundüm röp de Pirol sien Nom: „Schult von Bülow, Schult von Bülow“. Un de Häger röp: „Lopt al weg, dor komen Minschen“. An Kuhl blöhten de geele Hannötterblöm. Un de will Himbeerbusch drög all riep Himbeeren. Papa lehre uns, mit open Ogen un Ohren dörch de Natur to gohn. He wiese uns will Veilchen, Schosterpluckholt, Kuckucksblöm un höge sick öwer de Ummoken. „Nu kiekt mol, wat de von dick geel Büx anhewt, können dat meist gor nich drogen, dat Blömerstow.“ Denn wiese he uns de Ünnerscheed twischen een Bäcker un een Schoster bi de Maikäwers, de he öwer glieks wedder fleegen löt. Ok de bunt Boddervogels dörfen wi nich fangen. „Dat is Tierquäleree“, sä Papa. „Ji willn doch ok in Sunnschien lewen“.

„Nu kiekt ju bloß düss Duwennest an, grod so groot, dat de Eier nich ruttrülen“, wiese uns Papa.

No Kuneitz güngen wi gern mit em. An sien Hand wogten wi uns sogor in dat düster Dannenholt rin. Dor stünnen feine rode Fleegenpilze mit lustig witt Punkten up Hot. Papa legge sien Taschendook up een Eemekenhup, kloppe dor mit Hand rupp un löt uns dor denn an ruken. „De Eemeken sünd ebenso fliedig as uns Immen“, meene Papa.

Dat Korn stünn good up Kuneitz, Papa wär tofreden. He rauhe sick een beeten ut, un wi keeken no de will Erdbeeren. So lütt as se wärn, so söt wärn se.

Güngen wi mit Mama in de Feldmark, denn bloß mit Korw, Pott oder Büdel. Wi söchen Pilze: Bodderpilze, Rotkäppchen, Barkenpilze, Pfefferlinge oder Steenpilze. Ok Maronen geew dat völ. Un up de Wischen künn sick de ganze Dörp mit Champignons indecken. Frögt mi hüt eener: „Was, Sie kennen Pilze?", denn änner ick em bloß: „Ick hew all Pilze söcht, dor künn ick noch gor nich lopen." Un dat is nich mol logen.

Wi plückten Brummelbeeren, Flidderbeeren un Hasselnöt. Un een Dag in Heitied föhrten de Froens in de Bickbeeren. Hm, Bickbeeren in Zucker un Mölk, oder in Winder to Pannkoken, dat wär wat Feines. So grön as uns Dörp, so grön wär ok uns Feldmark. In jede Rehmel un ganz an Beitseinsweg anlang bett hinnen no Jeetzel hen stünnen groot oll Eekböm. Un öwerall wär Holt, wo sick de Rabhöhner, de Fäsons, de Rehen un de Föss in verkrupen künnen. Bi Heiwenden güng Hannötter dicht achter di no un lure up Poggen un Müs. Un öwerall wussen Brummelbeerbüsch un will Rosen. Denn wör de Jeetzel kanalisiert, de Wischen un Weiden umplögt, de Rehmels rodet, de Eeken ümhaut, Beitseinsweg betoniert. Dat nennt man „Flurbereinigung". Ick segg dor to: „Todesurteil für die Natur". Hüt kannst du in eens no Jeetzel henkieken, alles is free un kohl, keen Wisch un keen Weid mehr, Gemeenheitskuhlen sünd toschoben, un de Weg is towussen.

„Kiewitt, wo bliew ick, in Brummelbeerbusch,
dor fleit ick, dor sing ick,
dor hew ick mien Lust."

Dat Leed is vergeeten, Kiewitt un Brummelbeerbusch giwt dat nich mehr. Von Poggen un Hannötter, Rabhohn un Schult von Bülow hew ick lang nix mehr gewohr wörn. De Ecken, wo sick dat Wild verkrupen kann, warrn ümmer lütter. Noch kannst du di an warm Obends an Fleddermüs un Glöhworm freien. Ok hier un dor hört man noch een Nachtigall.

Un düss Leed kann man ok hüt noch singen:

„Kuckuck un de Wippsteert
seeten beiden up Füerherd.
Kuckuck harr sick Nors verbrennt,
O, wat lacht de Wippsteert."

Öwer wi lang noch?

Von Glowen un Höhnerglowen

Dat wär een Kemeedie, wenn to Omas Geburtsdag al de olen Lüd tosomen kömen, Unkel un Tante, Schmidten Mudder, Borcherts Vadder, Breeser Unkel, Celler Tante un Tante Toni ut Damnatz. Wi dörfen denn länger upbliewen un jem tohören. Von Ersten Weltkrieg un leege Tieden vertellen se un wat se ran müsst harrn, nich an Speck, sondern an de Arbeit, doch dat hett ok völ Spoß un Juchhei gewt in ehr Lewen; wi högen uns bannig. Un nu füng Breeser Unkel an, von Spök to vertellen. Dor harrn wi all de ganze Obend up luert. Dat wär jeden Johr dat Best von Omas Geburtsdag.
De Breeser Grof, de ganz oll Grof, hett in sien Lewen so völ Leechheiten mokt, dat he in sien Graw keen Rau finnen kann. Up de Galgenbarg hett mannicheen in Wind schaukelt, de sick nich bugen un em nich parieren wull. Uns dörpsch Buern löten sick von em nich to Gespanndeensten twingen, dör nöhm he jem de groot Nachtweid

weg, de hört hüt noch to Breeser Feldmark. To Strof spökt he nu all dreehunnert Johr. An Tante hett he vörbireeden, so dicht, se harr em anfoten künnt, wenn se rascher schalt harr. He seet up een witt Perd mit feine Satteltüg, staatsche Kledagen an un een vörnehm Hot up, so as dat to sien Tied in Mod wär. Ganz dütlich hett Tante em seehnt, ne, se harr nich drömt, ganz gewiß nich!

Uns Oma wüss von een jung Deern to vertellen, de as Pate von de Ünnererdschen to Kinddöp nöd wär. Dree Dog dure de Döp, denn köm se riek beschenkt ut de Sallahner Sülwerbarg wedder rut. In ehr Dörp kenne man ehr nich mehr. Vadder un Mudder wärn lang dot. Se harr hunnert Johr dor ünnen west.

Un Borcherts Vadder harr een Draak seehnt, de tög öwer uns Dörp weg. Vörn spucke he Füer. Ganz Stunn löter künn man noch seehn, wo he lang togen harr. „Wenn du een Draak gewohr warst, müsst du di ünner een Dackleck stellen un ropen: „Halw Patt", denn schitt he Geld. Vergitt dat nich," sä Borcherts Vadder, „ick hew dor leider nich an dacht." Bi wölk Lüd hulse een Draak up Böden. Wenn de Olsch röp: „Lüttgi, schiet Klütgi", denn scheet he Klüten, meist Tied Bookweitenklüten, dörch Luk. Bi düss Lüd gew dat al Näs lang Klüten. Eenmol schimpe de Knecht: „Ümmer Klüten, nix as Klüten!" Dormit harr he de Draak bannig vertörnt. As de Olsch dat anner mol Pott ünner Luk holen dä, scheet he ok, bloß keen Klüten! Jo, Borcherts Vadder wüss good Bescheed, wat de Draaken angüng. Bilütten füng uns an to grolen, un nu müssen wi to Bett, in de düster Komer rin. Wenn uns nu eener bi de Föt packe, grod wenn wi no Bett rinstiegen wullen! Wi mit Anlop quer dörch Kök un Komer un rin bett öwer beide Ohren in de Küssens!

Unkel Willem danze mit uns up uns Vörplatz un sung:

„Muköhken von Halwerstadt,
kumm un bring uns Deerns wat,
wat schall ick jem denn bringen,
een Poor Schoh mit Ringen,
een Poor Schoh mit Gold beschlogen,
de schölen se to Sönndag drogen."

„Unkel Willem“ heete he bi al dörpsch Kinner, un al freiten sick, wenn he mit jem spöle. He sülwens harr keen Fro un Kinner. Bloß de groot Lüd güngen em ut Weg. Uns Grootvadder seech em ok nich gern in uns Hus, dat marke ick ganz genau. Ick künn mi öwer nich denken, wat Opa gegen em harr. Erst völ löter, as ick gröter wär, köm ick dor achter. De Dörpschen glöwten, dat Unkel Willem mehr künn as Brot eeten. Dat wär jo nich so leeg, dat künnen annern ok. Un no de wör henrönnt mit jede Garstenkörn, Eiterbul un Liekdorn. Ne, dat Leegste wär, he schüll wat von de schwarte Magie verstohn. Dormit künn man anner Lüd Schoden in Stall un up Feld moken. To jede anner Minsch wör seggt: „Kumm doch mol rin no Stall un beseeh mol uns Schwien,“ oder „Bekiek di mol uns Köh.“ Unkel Willem bruke bloß öwer Tun no Schwienbucht rintokieken, denn wörn de Lüd all hippelig. Nu bruke bloß een Schwien krank to warrn, denn heete dat glieks: „Sühst du, wat hew ick di seggt? Dat künn jo nich good gohn, Willem hett öwer Tun keeken!“ Sette een Koh aw, oder de Höhner leggen nich, he harr de Schuld. Ick glöw, Unkel Willem künn weder schriewen noch lesen, un doch sän de Lüd, dat he de „Söwent Book Moses“ hewwen schüll. Dat is een hart Schicksol för een Minsch, de keen Familie hett, wenn he denn ok noch von de dörpsch Gemeenschaft utschloten ward. Un Unkel Willem wüss sicher nich mol worum.
Gegen dat „Verseehen“ künn man sick wehren. Nu hew ick as lütt Kind dorvon nix mitkreegen. Erst löter künn ick mi up dütt un dat een Riem moken. An Oma ehr Schört steeken Nodels. Wenn se dormit no Kohstall ringüng, künn uns Papa bannig fünsch warn. Wenn een Koh sön Ding ünnerschlök, künn dat een düre Operation warn. Löter hew ick leest,: „Gegen den bösen Blick schützt man sich, wenn man ein Auge mehr hat, also drei. Das Nadelöhr gilt als Auge.“ Ick künn Oma dor nich mehr no frogen, sicher harr se dat ok nich togewt, dat se dor an glöwe. As in de söstiger Johren uns Hus ümbot wör, funn man in de oll Schornsteinwand twee Seißelbleeder öwerkrütz inmuert, as Awwehr gegen Hexen. Dat künn ick nich foten, so christlich as uns Olen west harrn! Se bruken doch bloß to beden.

Von Helljägers un Rasselböck, Osterfüer un Utmaien

De Tied vör Wiehnachten wär bannig anstrengend, „Nu west ok ordig un haut ju nich“, sä Mama, „ji weeten doch, de Wiehnachtsmann is ünnerwegens mit sien groot Book. Dor schriwt he alles rin, wat ji von Leechheiten moken.“
Wi nöhmen uns dull in acht. Wenn wi wat twei möken, sä keener wat no. Un verdrogen dän wi uns so good as ganz Johr nich. Dat wär wahrhaftig nich so eenfach. Eenmol harr ut Wrangeln un Tacken een Ernstfall wörn, lütt Hunnen bieten sick ok solang ut Spoß, bett eener jault. Minnen in de beste Haueree kloppe dat ganz baborsch an Finster. De Wiehnachtsmann! Uns Dullheit een up anner wär so as ümmer, wenn Gefohr drauhe, as wegpust. Nu holten wi tosomen, keener löp weg oder versteek sick. Denn köm he rin. Dick Jopp, Hanschen, Mütz, de Halsdok bett ünner Näs hochtogen, so seech keen Wiehnachtsmann ut, dat wär woll bloß sien Knecht. Wi müssen em wat vörbeden un kreegen jeder een brun Koken. Düttmol harr dat good gohnt, annermol künnt leeger warn.
Uns hett een gnädig Schicksol bewohrt vör Plastik, Elektronik, Fernsehen un Video. Uns Spöltüg harr noch een Seel; alles wör ut Holt, Tüg oder Bleck mokt. Dree Wochen vör Wiehnachten hole de Wiehnachtsmann uns Poppen, de Weeg un de Poppenwogen weg in sien Warksteed. Wenn wi denn Christobend alles wedderkriegen dän, seech uns Spöltüg ut as need. De Poppenwogen harr een feine Kutsch ut bunt Tüg, de Poppen nee Kleeder an un frisch molt Gesicht, Arms un Beens wedder anneiht, un de Weeg wär rot statt blau as bettlang.
Eenmol kreeg ick een dick Schwien ut Tüg mit upstickt Ogen un Schnut. Wat dor woll bloß in wär? Dagelang künn ick mien Neeschierigkeit bännigen, denn hole ick mi een Scheer un schnee em de Buk open. Sogspön, nix as Sogspön! Harr ick em doch bloß heel loten! Nu wär dat to lot. Papa legge mi öwer Knee un schimpe: „Du Ausbund von Deern, müßt du ümmer alles intwei moken?“ Ick harr jo nu seggen künnt, dat ick bloß weeten wull, wat dor in

wär, öwer dat dünn ick schierut nich. Schüll he mi man ruhig wat awneihen, wenn he mi nich verstohn künn.

Eenmol frög ick: „Opa, wer is Kehrt?"
„Kehrt?" wunnere sich Opa, „wi kümmst du denn dor up?"
„Na, wi singen doch ümmer:

„Kehrt mit seinem Segen
ein in jedes Haus . . ."

„Wer is denn Kehrt?" Opa müss lachen un verklore mi, dat man mit een Bessen „auskehren" un in een Hus „einkehren" kann. Aha, nu wüss ick Bescheed. Kehrt wär also een Kerl, de mit een Bessen von Hus to Hus güng un öwerall utfegen dä. Bloß bi uns harr he noch nich west.

Wi seeten boben in Kirch bi de Chor.

„Es waren Hirten zu Bethlehem auf dem Felde . . ."

ick meene, Mama ehr feine Altstimm ruttohören,

„die hüteten ihre Herde des Nachts . . ."

Dat wär Christobend. De Kirch wär schwart vull von Minschen. Vörn an Altor brennten de Lichten an de beiden groot Dannenböm. Löter, in Hus, no Obendbrot, sä Opa: „Ick goh mol beeten no Krog." Ganz Johr güng he dor nich hen, un utgerekt Christobend, dat verstünn ick nich. Öwer keener harr dor wat gegen, nich mol Oma. Een Ogenblick löter güng de Butensdör open, un eener gröle up Vörplatz:

„Sind hier kleine Kinder?"

De Wiehnachtsmann! Un nu wär Opa nich dor. „Jo, kumm man rin, Wiehnachtsmann," röp Papa, „hier sünd twee lütt Deerns." Nu köm he rin.
„Seid ihr denn auch immer artig?" frög he, „und könnt ihr denn auch beten?" Nu müssen wi jo dicht an em ran un beden, doch as dat öwerstond wär, kreeg he de groot Sack bi Ohren. Oma kreeg een nee Schört, Mama een Dischdek, Papa Zigarren, und denn frög he no Opa. „Opa ist in den Krug gegangen," vertellten wi em, un dat seech ut, as wenn he lachen müss. Denn geew he uns een

Aschenbeker, de harr he för Opa mitbröcht. Nu kömen wi an Reeg: Schopers Vadder mit sien Schöp, witten un brun, twee Hunnen, Hosen, Tuwen, Bömer, alles ut Holt un fein anmolt; ok uns Poppen un de Weeg harr he wedder mitbröcht. Wat seechen de fein ut, gor nich weddertokennen.

As de Wiehnachtsmann eben weg wär, köm Opa trüch. „Opa, Opa, de Wiehnachtsmann is grod weg. Kiek mol, wat he uns alles mitbröcht hett. Un düss Aschenbeker is för di", röpen wi em ganz upgeregt inmöt. „Nu hew ick em doch wedder verpaßt", meene Opa, „mol seehn, ow ick em nich anner Johr gewohr war."

Denn steek he de Lichten an Dannenbom an, un wi sungen al dat Leed von de Kerl mit den Bessen:

„Kehrt mit seinem Segen
ein in jedes Haus. . . ."

Düttmol wüss ick öwer Bescheed, wat dat heete, man schall doch ümmer frogen, wenn man wat nich weet.

Een Johr kreegen wi to Wiehnachten wat ganz Besonderes: een Poor sülwern Ohrringe! In uns Freid dachen wi nich an dat, wat Oma ümmer sä: „Schönheit mütt Pien lieden." Glieks no Wiehnachten föhrten wi mit Papa no Dannenbarg, Löcker in Ohren moken loten. Mien Hart kloppe doch een beeten, as wi in de Loden ringüngen, öwer tum Glück köm mien Schwester toerst an Reeg. Tokieken müch ick nich. Mitmol wär Upregung achter mi. Mien Schwester harr umkippt un wör nebenan up Sofa leggt. Nu rutsche mi de Hart ok in Büx, öwer ick reet mi tosomen. Dat künn ick Papa nich andohn, dat sien beiden Deerns bi frömde Lüd up Sofa leggt warn müssen. Ick hole also ümmer deep Luft un dache doran, wie fein mi de Ohrringen woll loten wörn. So öwerstünn ick de Pickseree standhaft as een Zinnsoldot. Nun köm de tweete Ohr bi mien Schwester an Tour. Se wör noch eenmol up Sofa packt, un denn harrn wi endlich uns Ohrringen in!

„Mama, worum dörf man nich twischen Wiehnachten un Neejohr Tüg waschen?" frög ick. „Dat hört sick nich," sä Mama. „Worum hört sick dat denn nich?" Ick wull dat nu ganz genau weeten. „De oll Lüd seggen, dat in de twölw Nächts, de längst Nächts in Johr, de Helljäger mit sien „wilde Jagd" dörch de Luft tüt. Wenn nu Tüg buten hangt, kann he de Minsch, de dat hört, wat andohn. Dat is so as mit dat Kinnertüg. Ehrer een Kind nich döfft is, dörf man keen Windeln ruthangen. Dat seehn de Ünnererdschen. De nehm dat Kind weg un leggen dorför een „Wechselbalg" in de Weeg. Jo, sowat hewt de Olen fröher glöwt," sä Mama, „un dorum hört sick dat bett hüt nich. Öwer de meist Lüd weeten gor nich mehr, worum dat so is." Dat wör ick mi marken. Wenn wedder eener von de Grooten sä: „Dat hört sick doch nich", denn wör ick mi mien Deel denken!

„Hüt kümmt hier een Kerl vörbi, de hett mehr Ogen in Kopp, as Dog in Johr," sä Opa to uns. Wi kömen de ganzen Dag nich von Finster weg, öwer seehnt hewt wi em al beiden nich. Bloß Opa röp al Näs lang: „Eben hett he dor gohnt, hewt ji em düttmol seehnt?" Dat wär an letzt Dag in Johr, Olljohrs Obend. Klock fief güngen wi mit Mama un Papa no Kirch. Dat wär all ganz düster. In Kirch wörn noch eenmol al de Lichten an de beiden groot Dannenböm ansteekt. De Orgel spöle, un al sungen mit:

„Das Jahr geht still zu Ende,
nun sei auch still, mein Herz. . . ."

Oma mök mittlewiel dat Obendbrot trecht. Olljohrsobend eeten wi ebenso as Wiehnachtsobend brun Kohl un Suppenworst. Denn spölten wi al tohop „Mensch, ärgere dich nicht" oder „Buben raus". Klock twölf wünschten wi uns een „fröhlich Neejohr" un güngen no buten, üm de Klocken von Breselenzer Kirch röwerlüden to hören. Domols künn man dat noch, hüt hört man bloß Balleree un Geknalle. Un nu köm de Hauptsook: Wi müssen al dat Spöltüg, wat wi to Wiehnachten kreegen harrn, an een open Finster stellen. De Rasselbock köm in de Nacht up Neejohr un keek sick alles genau an. Wat twei gohnt harr, dat nöhm he ganz eenfach weg. Anner Morgens wärn wi froh, dat uns Spöltüg noch al dorstünn. Ok een Rasselbock kann sick schließlich mol irren!

„Mien Deerns gohn nich in Dörp betteln," sä Papa. Dorbi künn mien bunt Töller een Upfrischung good bruken. De dörpsch Kinner tögen mit groot Büdels von Hus to Hus, Neejohr wünschen.

„Ich bin ein kleiner König,
gebt mir nicht zu wenig. . . ."

Brun Koken, Appeln, Nöt, Bolschen un anner feine Soken, dat wör man ümmer so rinstoppt in Büdel. Un wi? Wi güngen no Unkel un Tante, wünschten een „Fröhlich Neejohr" un kreegen jeder fief Mark. Dat wär masse Geld, beder as brun Koken up jeden Fall. Bloß mien bunt Töller! De wär so good as lerrig. Un von de Kringeln an Dannenbom müsse Opa erst dat Gift awpusten, dat de Wiehnachtsmann dor upstöwt harr. Wat blew mien Schwester anners öwer, as mi, so as jede Johr, wat von ehr Krom awtogewen, ünner Protest, versteiht sich. Öwer denn spölten wi doch wedder fein tohop mit dat nee Spölkrom, dat wi to Wiehnachten kreegen harrn.

An de Dag vör Ostern hole man uns ingang, dat kann ick ju seggen! Uns Oma künn dat am besten: „Vör Hus mütt noch harkt warn, Hoff un Groot Däl mütten noch fegt warn, man ümmer rasch to." Un wenn man denn sä: „Mi deit mien Rüch all weh", denn sä se bloß: „Hett Müch denn ok all een Rüch?" Na, mol harrn wi dat jo schafft. Nu tögen wi mit uns lütt Handwogen no Kleitsch, Muss holen för de Osternesten. Een Stangel brun Kohl in jede Nest schüll de Osterhos anlocken. Nu heete dat bloß noch töwen.
Anner Morgens Klock fief keeken wi all ut Finster. Mama wör uns gewohr un meene: „Eenmol hett de Hos all west, hett ju an Finster seehnt un hett wedder weglopen." Dat wullen wi keen tweet Mol riskieren, also rin in Bett un mucksmäuschenstill gewest.
Un denn güng dat Sammeln los. In de Mussnesten funnen wi Zuckereier, no de bunt Eier müsse man düchtig söken. Hunnert Stück sammele ick bestimmt ut dat Buschbom rut, doch in mien Korw leegen bloß ümmer dörtig. Dat wär gediegen, achterkomt hew ick dor erst poor Johr löter. Opa lange sick de Eier ut uns Korw wedder rut, achter uns Rüch, un versteek jem noch eenmol.

Obends güng denn dat ganze Dörp no Osterfüer. Hinnen an de Rötkuhlen harrn de Bengels all wochenlang Holt un Busch tosomenföhrt. Nachts harrn se dorbi uppasst, dat de Jungs ut Breese jem dat nich all vörher ansteeken dän. Nu stöwen de Funken, wat dat knödern dä. All to dicht woge ick mi dor nich ran. Dat wär mi to heet, un de Bengels möken een ganz schön schwart. Wat de Deerns juchten! An al Sieden lüchten nu de Füer. Breeser un Laaser, sogor Langenhörster künn man seehen. Un dat wär dree Kilometer wiet aw.
„Itt dien Zuckereier nich wedder al mit eenmol up," sä mien Schwester, „sünst mütt ick di wedder wölk awgewen." Un so köm dat denn ok, ick künn eben nich hegen. Bi mi wohre dat nich.

„Pass ok good up, dat se di nich dun moken," sä Papa to Nowers Jung. De wär Ostern konfirmiert wörn un schüll nu tum ersten Mol mit to „Utmaien". Dat wär de Obend vör Pingst. Un de Bengels ut Dörp holten Maibusch un nogelten an jede Husdör twee Barkböm an. „Wi mütten uppassen, wenn se komen," meene Papa, „süss neihen se uns wedder de groot Nogels in Dörrohmen rin."

„Der Mai ist gekommen,
die Bäume schlagen aus. . . . ."

Dat höre sick noch nich dull an, se kreegen erst mol een Schluck, de tweete bi Nowers, denn güng dat all beeter. Halw Nacht künnst du jem grölen hören:

„Der Mai ist gekommen,
die Bäume schlagen aus. . . . ."

Un mannigeen wär anner Dag nich to bruken.
Pingst güng dat fröh rut ut Bett: wer am längsten schlöp, wör „Pingstkalw". Eenmol to Pingst wär grod uns Kuseng to Besök, de köm uns grod to pass, so ohnungslos, as de wär! „Pingstkalw, Pingstkalw", grölten wi un steeken em een groot Struß Brennettel ünner sien Bettdeek. Ji harrn em wuppen seehn schüllt!
Meist Tied wär Oma Pingstkalw, dormit dat keen Trönen bi uns geew. Bloß mit dat Brennettel müssen wi ehr von Liew bliewen, dat versteiht sick.

Von Mölkkannen, Binnelschört un Brotbüdel

In Fröhjohr lüchten as erst Teeken, dat de Natur upwokt, goldgeele Wichel-Kätzchen an Köhbeek. De Wicheln harr Papa för sien Immen plannt. Wat künn he dull warn, wenn em de eener awruppe. Noch hüt frei ick mi mehr öwer Blömer, de wassen, as öwer een Struß in Wos. Denn ick hör noch ümmer Papa seggen: „Mütten ji denn alles awrieten? Lot dat doch för de Immen wassen."
Een schön warm Fröhjohrsdag nutze uns Mama för de groot Wäsch. In Backhus harr se dat all Obend vörher in groot Zinkwannen inweekt. Nu koke se dat in de Dämper, kreeg dat up Ruwwelbrett, spöle un wrung dat ut. Denn hungen de schneewitt linnen Loken, de Handdöker un de Kerlshemden in Sunn up Lien. „Wat von feine warm Sunn," meene Papa, „ick war mol de Immen fleegen loten." He mök de Fluglöcker open. Dat dure nich lang, dor wär dat ganze witte Tüg mit hundertdusend geel Plecken öwerseit, Immenschiet, „garantiert waschecht". Uns Mama flippe ut, (so wör man hüt seggen). Nu müsse se dat al noch eenmol waschen.
Wenn wi dat Tüg tosomen leen, denn summe de ganze Stuw von Immen. De harrn an dat Wäsch klamm wörn un dauten nu up. Een seet an mien frischwuschen Nachthemd un angele mi doch nachts in Bett. Een Trost giwt dat för mi: Ick war in Lewen keen Rheuma kriegen, sovöl Immengift hew ick in Liew.
„Die Bienen kennen ihren Imker," schall jo klog Lüd gewen, de dat glöwen. Papa seech mannichmol ut as een Nodelküssen. „Deern, treck mi mol de Angeln rut," röp he denn, „dor mütt noch een sitten, un hier, un dor." Wenn denn erst de Osterblömer blöhten, wär de leegste Tied för de Immen vörbi. Nu bruke Papa jem ok keen Zuckerwoter mehr hentostellen. Von nu an funnen se sülwst wat: de erst Blömer in Gort, de Owtböm, Linnenböm, witt Kleewer, un achter uns Hus lüchten de Bodderblöm ganz Beitseinsweg anlang as Gold.
In August, wenn dat Heidkruut blöhe, tög Papa mit Kassens un Körw no de Sallahner Heidbargens. Heide-Honig schmecke ganz

fein, de Lüd bestellten sick all ganz Johr vörher wat, dat se denn ok wat awkreegen.
Dat wär all leeg nog, wenn de Immen schwormten, denn wärn se rein mall. De ganze Hoff un Gort brumme vull, dat seech ut, as wenn dat schneet. Erst wenn se as een groot Druw an Appelbom oder an Stickelbeerbusch hüngen, künn man sick mol no Klo wogen. Denn müss Papa von Wisch oder von Feld komen un jem infangen, süss neihten se em ut.
Unkel Heini höre to de Ort Lüd, de alles weeten un alles können, „Schwoger," sä Papa een Dag to em, „dor hangt een Immenschworm in Appelbom. Kumm mit un hörp mi de mol infangen. Du müst mi de Ledder fastholen." Unkel Heini keek nich begeistert, wull öwer ok nich ne seggen. So güngen se beiden mit de Ledder no Appelbom. Papa hole in een Arm de Immenkiep, un in de anner Hand harr he een Höhnerflünk. Heini hole de Ledder wiss. Nu roke Papa de Immenschworm so in de Kiep rin, dat een poor vörbifallen müssen. As een Blitz wär Unkel Heini ut de Gort rut. Papa verkneep sick dat Lachen un röp: „Heini, wo bist du denn, Heini? Du kannst mi doch hier nich alleen loten. Wenn de Ledder nu ümkippt?" Un noher sä he noch to em: „Du bist mi een schönen Heini !"
Öwer ganz leeg wärt, wenn dat Schleudern los güng. Millionen von Immen befunnen sick in „höchster Alarmbereitschaft". Papa steek sien Imkerpiep an, dat fuul Holt dorin qualme bannig. Dormit nebel he jem örndlich in. Opa lange de Woben no Imkerkomerfinster rin, wo de Schleuder stünn. Armels un Büxenbeens harr he tobunnen, öwer Kopp de Imkerhuw, so künnen se em nich an Liew komen. Mama dreihe de Schleuder un stelle de vull Pött an Siet, mien Schwester hulp ehr dorbi.
Un Oma un ick? Wi verkröpen uns de ganzen Dag, künnen nich rin nich rut, nich mol no Klo. Eenmol keek Oma bloß ganz rasch hinnen ut Dör rut un frög: „Wie wiet sünd ji denn all?" Schon harr se een dick Näs. So giftig wärn de Ös von Immen, wenn schleudert wör. Sünst wär Oma ganz schön plietsch. De Erdbeeren harr se direkt vör Immenschuer plannt, künnst nich bikomen.

In Sommer, wenn dat lang hell wär, güngen de Immen erst no uns to Bett. Bi Stickelbeern naschen seet man in Deckung, ok in de Arfen wär man sicher. Öwer wehe, du kömst in de Fluglinie, denn ballerten se gegen dien Kopp un vertüdelten sick in dien Hoor, denn wärst du riep, ok wenn du plattbarft up een Imm peddest. Se föhlten sick ümmer angrepen. Un wär denn endlich Harwst, knütte Oma allwedder Wullstrümp, dat wie ok in Winder wat harrn, dat uns piesacke.

„De Ös von Höhner warn schlacht!" schimpe Papa. Hest du all mol mit Höltentüffeln up Höhnerschiet utrutscht? Denn harst du ok dull wörn. Nu hüng dat Lewen von dörtig Höhner un een Hohn von Oma aw. Wat künn se reden, wenn dat üm ehr Höhner güng! „Keen eenzig Ei in Hus," jammer se, „keen Hohn in Pott, keen Eierkoken, keen Zuckerei, keen Eiergeld, dat schöne Eiergeld!"

Dat wärn jo Utsichten! Papa wör all ruhiger. Nu föt Oma Moot un dreihe de Spieß üm, denn wat för ehr de Höhner, dat wärn för Papa de Immen. „Schaff leewer dien Immen aw," stichel se, „du weetst doch, wer sien Geld fleegen seehen will, mütt sick Immen anschaffen." Öwer dor wull uns Papa nu gor nix von weeten. Un so beruhige he sick — bett annermol.

„Teinten Mai warn Köh utjogt," heete dat jede Johr; ganz Winder öwer stünnen se in warm Stall, wörn fuddert un awmest, streit un mulken. Dat harr nu een Enn, Papa bunn Lene, Stern un Buntjack los, mök de Stalldör open. Dor birsten se los, in eens bett no Kuneitz henn, künnst kum mit Rad nokomen.
Obends, wenn al dörpsch Köh wedder no Hus wärn, künnst up Stieg un up Stroot nich langkomen, dat frisch Gras, müßt du weeten. . . .
Wi Kinner müssen jede Obend Köh holen. Meist Tied stünnen se al an Port un röpen no uns.

Köh komen,
Kinner mütten to Bett gohn.

„Ick müch ok mölken lernen," sä ick, „öwer bloß bi Lene." Lene wär in mien ganz Lewen de eenzigst Koh, vör de ick keen Bang harr, denn Lene wär bi uns upwussen. Also denn Emmer her, Schemmel ünner Nors, nu geiht dat los. Lene mölke sick ganz leicht, bloß se harr een Nück. Ümmer, wenn man ehr an Liew köm, güng se twee Schritt trüch un nöhm de Schwanz hoch. Also Emmer weggereeten, Schemmel weg un in Sicherheit gohn. Nix passeere. Emmer wedder ünner, hengesett un losgemulken. Lene twee Schritt trüch, Schwanz hoch, Emmer weg, Schemmel weg. Bett mi dat lange: ick blew sitten. Dor güng dat los mit den Niagarafall! Also Emmer weg. . . . .
Papa schleepe Woter ut Kök no Stall, Buntjack un Stern söpen jeder twee Emmer vull ut, Lene söp veer un de föft kippe se üm. Dor hole Papa noch de söst un kippe ehr de öwer Kopp. So dull künn he warn. Un anner Obend güng de Zirkus wedder von vörn los. Wi lachten, öwer heemlich, sünst harrn wi ok noch wat awkreegen!

„Wo Karl hüt wedder bliwt? Mama lure up de Mölkwogen, de meddags mit dat Mogermölk för de Schwien von Molkeree köm. „De supen woll wedder," schimpe Papa. „Ick mütt woll de Kannen sülwst holen." Doch dor köm de Wogen ok all an. Karl stünn achtern bi de Kannen, de Peer holen von alleen an jede Mölkbänk an. Se wüssen ok ganz genau, wievöl Kannen up jede Bänk awsett warn müssen. To uns Mölkbänk hörten fief, un ehrer Karl de nich ruppstellt harr, güngen de Peer nich wieder. He künn also noch so duun wesen, up uns Bänk stünnen ümmer fief Kannen. Aw un an wär dor mol een verkehrt mang, öwer dat löp sick trecht.
„Kiek mol, Olga hett doch all wedder een rode Zettel an Kann," sä Mama. „Wat steiht dor up?" wull ick weeten. „Kanne besser waschen," lache Mama. Denn köm Olga, kreeg een rode Kopp, schnappe ehr Kann, un weg wär se. „De fehlt ok een rode Zettel an de Beens," meene Papa un griene sick een.

„Stieg doch ok mit rupp," röpen wi Opa to. Mien Schwester un ick seeten boben up Heiwogen. „Ne, dat ward to schwor för de Köh," meene Opa. Wi wärn ünnerwegens von Achterhegen no Hus. Dat sünd dree Kilometer, un uns Köh brukten meist halw Vörmeddag dorto. Mehr as twee Wogen vull schafften se nich an Dag. Un Obends wärn se so awmattelt, dat se meist keen Mölk mehr harrn. Wi Kinner funnen dat herrlich, so gemütlich un komodig no Hus to föhren. De groot Eeken, de an Beitseinsweg lang stünnen, rokten uns meist von boben andol. „Wi müssen een Perd hewwen," dat wär Papa sien Droom. Doch Opa meene, de freet uns de Ohren von Kopp. Denn güng dat no Böden rupp, awstoken. Oma, Kinner un Hund müssen dat Hei dolpedden, weil wi mit Platz so knapp wärn. O, wär dat warm ünner de Dackpannen. Dat Hei stöwe bannig, un de Disteln, de dor mang wärn, steeken uns an de nokt Beens. Oma harr een lang Rock an, oder mehr, de hole dat aw. Mit de lerrig Wogen zuckelten uns Köh denn wedder no Wisch. Nu seet Opa ok mit up. Sien witt Linnenhemd un de schwart Borstdok wärn ganz natt schweet. Aw un an nöhm he sien groot

Strohhot aw un wische sick mit een Schnöfdok dat Schweet von Kopp. He wär jo all wiet öwer Söbentig un müss de schwor Arbeit noch moken, weil Papa jo meistens in Krieg wär. Opa stoke dat Hei no Wogen rupp, Mama lode, un wi Kinner müssen noharken. Dor dörfe nix liggenbliewen, dat künn Opa nich lieden, dat wat ümköm. Harr al dörch Gottes Segen wussen. Und denn güng dat wedder dörch de lang grön Tunnel no Hus. Kümmt mi hüt mol ganz unversehens Heiduft in de Näs, denn kannt passeeren, dat mi Heimweh packt, no mien Kinnertied up Achterhegen.
Dat wär in Aust, un uns Korn wär riep. „Willn wi denn dütt Johr wedder alles mit Hand meihen un binnen?“ wull Mama weeten, „oder nimmst du Unkel sien Maschin?“ „Unkel sien Maschin? Bloß dat nich,“ Papa wehre mit beiden Hännen aw. Unkel pütsche sien Maschins nämlich ümmer sülwens wedder heel, steek hier een Pluck vör un wickel dor beeten Droht üm. Bi Unkel holle dat, bi Papa güng dat garantiert wedder uteenanner. Ne, denn meihe Papa doch lewer mit Seißel. Un nu köm, wat komen müss: „Deerns, hölp mi mol eener bi dat Seißelkloppen,“ röp Papa. He sette sick vör de lütt Amboss, legge de Seißelblatt up de iesern Veereck, un wi müssen de Seißelsteel so holen, dat de Blatt ümmer ganz flach upleeg. Nu kloppe Papa mit Homer de ganze Seißel anlang, von vörn no hinnen, un denn wedder trüch. Du glöwst nich, wi lang sön Ding wesen kann! Wenn man dache, ach nu is he fardig, fleitjepiepen, denn güng dat noch eenmol up un dol, un denn hier noch beeten, un dor noch beeten, dat nöhm keen Enn.
Anner Dag güng dat Meihen los. Mama tög sick een witt Linnenjack an un bunn een groot Linnenschört vör. Papa krempel de Armels up, un denn legge he mit Schwung een Schwatt no anner üm. Mama künn mit Binnen gor nich so rasch nokomen.
Een Johr in Austtied kreeg Mama een leeg Hand. Wi wärn all beeten grötter un müssen inspringen. Mama wiese uns dat Binnen. Eegentlich wär dat ganz eenfach. Man nöhm sick een Armvull up, bunn twee Hännenvull dorvon an Zöpp tosomen, legge dat üm de Bund un knütte de anner beiden Enns tohop. Ick kapiere dat

glieks. Doch as dat denn richtig losgüng, klappe dat doch nich so. Wölk Bünn müss ick twee-, dreemol binnen, bett se hollen. Un noher bi dat Upsetten dörfe man jonich in de Bänner footen, süss full alles utanner. Meist ganz Sommer öwer stünnen fröher de Stiegen up de Stücken, bargup un bargdol,; hüt kriegst du gor nix mehr mit von Aust. Hier brummt mol een Meihdöscher, un dor brummt een, un schon is alles kohl.

„Denn man los, Hennings Vadder mit sien Nero sünd hier all vörbi. Un jog hüt obend rechttierig los, dat du nich mit de Zug tohop drippst," sä Mama un hung mi de Brotbüdel üm. „Ick pass all up," röp ick un rönne achter mien dree Köh her.Dree Köh- dree Wochen- dree herrliche Wochen Tuffelkleierferien — dree Kilometer von Hus weg — ganz hinnen an Jeetzel, dat wär de Zauberspruch för de schönste Tied in Johr. Al dörpsch Kinner un dörpsch Köh künn man üm düss Tied up de Wischen in Hegen un Achterhegen finnen — al Kinner un Hennings Vadder. Mien Köh funnen de Weg ganz alleen, ick harr gor nich mitbrukt. Köm man ut Hegen rut, no Achterhegen rupp, denn keek man öwer grön Wischen so wiet as de Himmel wär. Hennings Vadder harr sick dat all komodig mokt. Ünner een groot Eekbom brenne sien Füer. He seet mit Rüch an de mit Stroh pulstert Stamm. Dor künn em keen Wind un keen Regen ankomen. Ick stefelte quer dörch dat bedaut Gras no em henn. In de erst Sunnschien glitzerten de Spinnweben as luter Parlenkeeden. „Na, Deern, willn wi fröhstücken?" frög he un pule sick een Ei aw. Ick sette mi bi em an Füer. Denn höre man an al Ecken Köh rohren, Kinner grölen un fleiten, aha, de annern kömen ok all. Een ümkippt Bom an Weg wär uns Spölplatz. Füer müssen wi hewwen, un schmökt müss ok warn. Dat höre sick so bi dat Köhhöden. Tacken un Holt holten wi uns ut Hegen, Rietsticken kreegen wi von Hennings Vadder; Tobak geew he uns nich aw, dat köm em to düer. So schmökten wi denn Eekenbleder in Bodderbrotpapier. „O, Deern, wat is di?" frög Mama obends, „du sühst so wittschen ut."

Een Dag brenne uns ganze Bomstamm. Wi harrn to dull rümpeisgert. Nu müssen wi dörßen, denn jede kippe sien Muckefuck up dat Füer. Denn güngen wi los, Hasselnöt plücken, al Taschen bett an Ohren vull. Un jede Obend bröche ick ganz Dracht Champignons mit no Hus. Wär dat een Lewen! So free hew ick niemols wedder west as domols up Achterhegen! Obends köm denn dat dicke Enn. „Mien Köh sünd weg," jammer mol düss, mol dee. Denn söchen wi alleman. Manchmol harrn de Köh ok all alleen no Hus gohnt, dat künn denn leeg warn. Dor bruke ick keen Bang vör to hewwen, mien dree töwten tru un brov, bett ick röp: „Aaaaa lopp, lopp, lopp, lopp!" Nu tögen wi al in Abstand los, dormit ünnerwegens uns Köh nich dörcheenanner kömen un sick dat Stöten kreegen. An de Isenbohnschienen paßten wi besonners good up. Annerwegens wärn all Köh ünner de Lok komt. Bi uns nich. Wi wärn de besten Korrers up de Welt!

Mien Schwester un ick nöhmen uns Röd un föhrten no Achterhegen. Papa wull de Wisch intünen, un wi schüllen em dorbi hölpen. Dat ewige Köhhöden schüll een Enn hewwen. „Sühst du Papa een Steed?" frög ick, as wi an Jeetzel ankömen, „Dor hinnen, ganz an anner Enn," se zeige no Hegen hen. Papa kloppe grod een Pohl in Erd. Mit eenmol schmeet he de groot Homer weg un rönne as een Fattbinner quer öwer Wisch. So harrn wi em noch nie lopen seehnt.„Wat rönnt he denn so?" frög mien Schwester grod, as Papa wie von Erdbonnen verschwunden wär. Wie keeken no al Sieden, he wär nanich to seehn. Mit eenmol kröp he ut Grow rut un köm no uns hen. „Wat hest du denn eben so rönnt, dat du no Grow rinfallst?" frögen wi. „Ick hew mien Pohl doch genau up een Wöpsennest inkloppt," lache Papa, „un dor kömen se mi achterran as de „Wilde Jagd". Mi blew nix anners öwer, as mi in Grow rintoschmieten, dormit se öwer mi wegfleegen." Nu hulpen wi Papa bi de Tuun. „Eegentlich können wi uns de Arbeit sporen," sä ick. „Lene, Buntjack un Stern, mien dree, hewt noch nie een Schritt öwer uns Wischgrenz mokt, dat weet ick genau." Wat dat Köhhöden angüng, dor wär ick „Experte" in.

Un denn köffe Papa een Perd, een Schimmel, denn wenn schon, denn schüll dat ok wat Besonneres wesen. Un de freet uns nich de Ohren von Kopp, as Opa dat meent harr. Dat wär een Lewen! Wie fix nu alles güng. Un wie rasch man nu, mit de leicht Gummiwogen achter, up Kuneitz oder Achterhegen wär. Papa künn sick an dat nee Tempo nich gewöhnen. Dat harr Fanny bald spitz, un dor gewöhne Fanny sick an Papas Tempo. Bi Plögen, wenn se beiden de Stück andol wärn, sä Papa: „Na, Fanny, denn fritt man erst eenmol." Fanny ruppe sick een Muulvull Gras aw, un denn güng dat wieder. „Wat geihst du denn tofoot, wenn du doch nu een Perd hest," stichelten de Lüd. Papa klattere up Mölkbänk un von dor up Fanny rupp. Denn güng dat los. Leider holle up Bohnhoff een Zug, un de Lokomotiv fleite utgereekt, as se dor vörbi reeden. Von dor an güng Papa lewer wedder tofoot. Mit uns Köh verdrög Fanny sick good, jo, em grole sogor, wenn he alleen up Weid güng. Denn stünn he all an Port, wenn Papa em hole. Uns Kuseng köm all ümmer gern in Ferien no uns. Doch seit wi Fanny harrn, köm he all dree Dog vörher. „Hest du denn all free?" frög Papa, „uns Deerns mütten noch dreemol hen." „Jo, ick hew all Ferien," flunkere he.

Nowers harrn all lang een Perd. Un Nowers Jung künn rieden as de Döker, am leewsten up Stieg anlang. De feine glatt Stieg seech denn ümmer ut as ümplögt. Papa künn sick dor bannig öwer argern un harr Nowers Jung all poormol to Kleed west. Doch nützen dä dat nix. Een Dag, as wi grod Meddagbrot eeten, wör dat mit mol so düster in Kök. Wi dreihten uns üm: Dor keek doch Nowers Perd in uns open Kökenfinster rin! Papa verschlök sick meist, un bett he sick besunnen harr un rutrönne, stünn de Perd längst in Stall, un Nowers Jung harr sick in Sicherheit bröcht. Ok Nowers Mudder wär machtlos. Dat eenzige, wat se moken künn, wär, öwer halw Dörp to grölen:

„Kumm man erst to Bett du Oosdirt, du
denn kriegst du öwer Neis."

Ow se em wirklich wat awneiht hett, wer weet. . . . Anner Dag wär de Stieg wedder frisch ümplögt!

Füerwehralarm un Frostschutzsalw

„Deerns, rasch, stellt mien Rad rut!" röp Papa, „Emma, wo sünd mien Steweln?" De Füerwehrsirene hule. Dat wär ümmer een Upregung, doch meistens ümsünst. Wi wärn de letzt Hus in Dörp, un bett Papa no Dörpplatz henköm, wär de Füerwehrauto all weg, oder wat noch leeger wär, se föhrten em an Näs vörbi. „Dor treet ick ut! Ick schmiet jem mien Uniform vör Fööt! De willen mi nich mehr hewwen." towe Papa denn. Öwer wenn de Sirene dat annermol hule, güng dat Theoter von vörn los.

„Wat hett denn bloß de Hund hüt," meene Oma, „de is jo rein as mall." Uns Zudel kröp ehr dauernd vör Fööt rüm. „Ick harr meist öwer em störkt." „Dat giwt woll Gewitter," sä Papa, „Hunnen marken dat all lang vörher." Un dormit schüll he recht beholen. Nomeddags tög een schwart Wand an Himmel up. De Immen kömen angebrust, de letzten harren dat all schwor, gegen de Wind antokomen. Schmedten Mudder ehr Köh wärn so biesterig, Papa müss ehr hölpen, jem no Stall rintojogen. Denn wör dat so düster as minnen in Nacht. Oma steek de Petroleumlamp an, denn in Transformoterhus harrn se dat Strom awschalt. Mien Hart seet all lang in Büx, doch Papa meene: „Wenn du uns 8,8 Flak ballern hört harst, denn wör di son beeten Gewitter nix utmoken." Doch denn blitze un krache dat doch ganz gefährlich. Uns Hund kröp bi mi ünner Stohl. Mama hole de Papiere un dat Geld. Wi müssen uns uns Jacken un Schoh antrecken. Ok Papa wör nu unruhig, he füng an, Woter no Böden to bringen, denn dor wär jo alles vull Hei un Stroh stokt. Bloß Opa bleew ruhig: „Düss Hus steiht all hunnert Johr, un noch nich eenmol hett hier een Blitz inschlogen." Nu hule ok noch de Füerwehrsirene. Papa rönne no sien Steweln, doch Oma jammer: „Du kannst doch nu nich weg, wenn dat inschleit, is keen Kerl in Dörp." So bleew Papa denn dor, un bald harr sick dat Unwedder vertogen. De Immen flögen wedder los, un uns Hund beruhige sick ok. Wi tögen uns Tüg wedder ut un plantschten mit barft Beens in de warm Pütten.

„Wenn ick groot bin, goh ick ok in Kirchenchor," sä ick to uns Mama. Dor lerne man feine Leeder:

„Entchen von Tharau
ist die mir gefällt. . . ."

un sowat alles. Ok wat von Brause,

„Brause du Meer, und was darinnen wohnet. . . ."

Un wenn Mama Geburtsdag harr, güng leise de Butensdör open, dat tuschel up Vörplatz, un denn höre man:

„Hmm, hmmm, hmmm. . . ."

Un denn güng dat los:

„Beim Kronenwirt ist heute Jubel und Tanz. . . ."

un de Kerls sungen bloß ümmer:

„rum ta ta, rum ta ta. . . ."

Dat höre sick ganz fein an. Mama wär upgeregt as een jung Brut. Dat se man ok nog Koken harr, un dat ok jeder Platz funn, un dat dat Kaffee ok man fardig wär. Een lustig Gesellschaft wär dat, un as se weggüngen, sungen se noch een Leed tum Dank:

„Guten Abend, gute Nacht. . . ."

un Fräulein von Jagusch sung am innigsten:

„Morrjen frrie, wenn Jott will,
wirrst du wiederr jeweckt. . . ."

Se köm nämlich ut Ostpreußen.

Al dörpsch Omas drögen ehr Hoor in een Knust in Nacken, se heeten „Anna", „Frieda" oder „Dora", un wi sän „Meiers Mudder", „Möllers Oma" un „du" to jem. Nowers Oma harr een feine Bubikopp mit Wellen, wi sän „Frau Schulz" to ehr un „Se", un se heete „Amalie". Plattdütsch künn se ok nich, wenn se dull wär, schimpe se: „Du kriegst eine Jagdreise," un dormit fackel se ok nich lang, se neihe glieks rupp. Achter ehr Rüch wogten wi denn ok mol een Wort gegen ehr to seggen: „Amalie, die Puppe kotzt," sän wi, öwer ganz leise.

Nu harr Nowers Helga een Popp, de heete nich nur „Jule", de seech ok so ut. Uns Poppen wärn jo al keen Schönheiten mit ehr

Pappköpp un Wullhoor. Öwer Jule ehr Kopp wär nich mol ut Papp, de ganze Popp wär ut Plünnen un de Zöpp ut Flass. Eenes Dages schmeet eener von de Jungs Jule up Dack, un wat dat Leegste wär, se bleew dor up liggen. „O“, jammer Helga, „wenn Oma dat markt, giwt dat ne Jagdreise.“ Nu versöchen wie, Jule mit een Bohnenspiel andol to stökern. Jule bleew liggen. Wi schmeeten uns Bälle up Dack, jede Ball köm wedder raff, Jule bleew boben. Ok mit Sandkluten, Steene, Stöcker un wat noch alles wär nix to moken, Jule bleew boben. Nu keeken wi jeden Dag, ow se dor noch leeg. Dat Regen platter man so von Dack, dat storme un weihe, Jule, ruppel un röge sick nich von Steed. Langsom wör se gries un grieser, toletzt seech se ut as een Klump Matsch. Wi harrn wochenlang uns Spoß. Un Oma „Amalie“ marke nix. Ehr Pech, een „Jagdreise“ wör se düttmol nich los.

„Kumm rasch,“ sä ick to mien Schwester, „Oma schall innehmen.!“ Düssen Spoß löten wi uns nich ut Näs gohn. Papa harr rutfunnen, dat Benzoesäure good bi Verkölung hölpen dä. Oma harr sick bannig verkölt, nu müsse se dreemol an Dag een Löpelvull dorvon innehmen. Öwer jedesmol, wenn se de Löpel an Mund sette, hole se deep Luft. Dorum kreeg se dat ganze Pulwer in de verkehrt Strott. Un nu güng dat los. Se hoste un pruste, Papa kloppe ehr de Rüch, de Trönen löpen ehr öwer de Backen. Un wi müssen uppassen, dat wi nich ok losprusten dän. „Nu hol ok erst Luft,“ sä Papa to ehr, „erst Luft holen un denn schluken.“ Wi keeken gespannt to. Oma hole Luft, un wedder güng dat Kemeedie los, un dat dreemol an Dag. Ach, dat mök Spoß, wenn Oma verkölt wär!
To de fasten Bestanddeele in uns Husapotheek höre ok „Frostschutzsalbe“. Dat bruken wi in Winder tubenwies. Schoh wärn knapp un düer. Dorüm tögen wi buten up Ies Höltentuffeln an, de wörn ok fein glatt, künnst good mit rutschen. Doch ok wenn wi noch sön dick Söcken öwer uns Wullstrümp tögen, wi harrn ümmer Frost in Fööt. Köm man no warm Stuw rin, güng dat Kniepen los. Wenn mien Schwester denn weene, sung Papa:

„O, Tannenbaum, o, Tannenbaum,
uns Deern, de hett Kniepers.“

Denn blare se vör Dullheit un vergeet doröwer de Fööt.

„Na, mein Goldschatz, wie geht es dir denn heute?“ frög Dr. Heckmann. Mien Schwester harr Diphterie. Alles, ow Windpocken, Mosern oder Mums stünnen wi tosomen dörch. Öwer mit de Diphterie wär dat anners. Mien Schwester kreeg von Dr. Heckmann feine brun Tabletten. Un „mein Goldschatz“ sä he ok bloß to ehr. Wat künn ick denn dorför, dat ick nich ok mit Diphterie in Bett leeg? Jedesmol, wenn mien Schwester innehmen müss, puche ick ehr heemlich een von de Tabletten aw. Wenn se von ehr Wiehnachtstöller wat rutrücken schüll, weil mien al wär, quake se. Doch de Tabletten geew se mi gern. Eenmol, as Dr. Heckmann grod wedder dor wär, güng Oma mit mi no em hen. Ick dache, he wull viellicht ok mol „mein Goldschatz“ to mi seggen. Doch dormit harr ick mi bannig verbiestert. Ehrer ick mi besinnen künn, tög Oma mi de Büx dol, un he jög mi een gewaldig Spritt hinnen rin. Nu wär de Mospott öwer ümstött. Von mienetwegen künn he sick sien „Goldschatz“ an Hot steeken.

Papa un ick föhrten mit Rad no Breselenz no de Tähndoktersch. As wi an Reeg kömen, güngen wi beiden tosomen rin. Papa sette sick toerst up de Stohl. He wull mi wiesen, dat alles man een Klacks wär, un ick keen Bang to hewwen bruke. Ick stünn an Wand, keek krampfhaft no anner Sied weg, un dat Gebrumm von de Bohrer güng mi dörch Mark un Been. Langsom köm ick int Schweeten, dat flimmere mi vör Ogen, un mien Mogen füng an to randaleeren. Wenn ick doch bloß bald up de Stohl un an de Spucknapp köm! Endlich, in letzt Ogenblick klappe dat. Mien Meddagbrot lanne in Tähndoktersch ehr Speenapp. Leider harr dat as Gemüse Wörteln gewt, un nu künn se seehn, wie se dormit klor köm. Papa seech vör Dullheit ganz wittschen ut, am leewsten harr he mi de Hals ümdreiht. He entschullige sick woll an tein mol. Denn föhrten wi no Hus. Dat güng bargdol, un ick wüss mit de Footbrems noch nich so good Bescheed, kreeg een Linkskurve nich un suse mit vull Klajeer in Stickeldrohttuun rin. Nu müssen wi ok noch schuwen. Dat künn wat warn in Hus, Papa platze nu all meist vör Wut. Mama mök uns de Dör open. „O, düss dömelige Deern," legge Papa los, „ick sett mi noch toerst up Stohl. . . ." „Wat?" röp Mama, „du hest di toerst up Stohl sett? Un hest de Deern tokieken loten?" „Stell di vör, spuckt se doch in Tähndoktersch ihr Napp rin. . . ." „Dat wunnert di? Dat harst du di doch denken künnt," räsoniere Mama wieder. Ick verdrücke mi heemlich. Dat eene stünn fast: Mit Mama wär dat nich passeert! Anner Dag full mi in, dat man in de Upregung ganz vergeten harr, mi to behanneln! So good hew ick noch nie schwiegen künnt!

„Mögt ihr auch gerne Frikadellen?" frög uns Fründin uns. „Nein!" röpen wi verjogt. Alles, bloß dat nich. Fleeschkoken müchen wi nu ganz un gor nich. De schmeckten ümmer so garstig as oll Mettwörst, de to lang rökert wörn harrn. Dor dreihe uns Oma al Fleeschresten un Schworten bi rin, dörfe jo nix ümkomen. „Wi hewt keen twee Höf to vertehren," sä se denn. Een Dag schüllt wedder Fleeschkoken gewen. Oma stoppe Resten in Fleeschmaschin, un mien Schwester dreihe jem dörch. Mit mol rohre Oma los, ehr Finger wär meist awdreiht. Mien Schwester schaffe dat nich mehr bett in Bett, se legge sick vör Bettsteed hen. Ick rönne rut no Hoff un wull Papa holen, köm öwer bloß bett Groot Däl un packe mi up Gummiwogen. „Hölpt mi doch eener!" röp Oma, „hölpt mi denn keener?" Papa köm antolopen un mök ehr een Notverband. „Ne, düss Deerns," sä he, „kippen doch al beiden üm!" Un dat alles wegen de garstig Fleeschkoken!

Schlachteköst un Waschdag

„Wer von ju geiht denn nu mol inköpen?" frög Mama. O, no Elvers Papa güngen wi gern! Ick nöhm de Korw, de Essigbuddel un de Semppott, mien Schwester steek dat Geld in Schörtentasch, un denn künn dat losgohn. Wat dat bi Elvers Papa alles geew! Kees un Seep, Backpulwer un Waschpulwer, Zucker un Solt, Pött un Pann', Rietsticken un Howergrütt. „Na, Deerns, wat kann ick ju denn gewen?" frög Elvers Papa uns fründlich. „För twintig Pennig Semp un de Buddel vull Essig, denn noch een Pund Nudeln, een Pund Solt un Rietsticken," sän wi. Elvers Papa tög een von sien groot Schuwloden open un schüppe Nudeln in een Tüt. Denn wög he dat aw, tög noch een Schuwloden open un schüppe dat Solt in. Denn löt he de Essigbuddel vullopen un vergeet ok dat Semp nich. Toletzt lange he in een groot Bolschenglas un geew uns feine rode Himbeerbolschen. Wi de schmeckten! Jo, wi güngen gern no Elvers Papa inköpen.

Dat wär een Wirtschaft, wenn dat Schlachten losgüng! Obend vörher müssen Peper molt, Zipolen pellt, Pött un Pannen, Mollen un Scholen, Metzen un wat weet ick noch alles, torecht stellt warn. Un de lang Ledder nich to vergeeten, wo de Schwien an uphangt warn schüll. Erst wenn de Schwien nich mehr quieke, woge ick mi ut Bett rut. Denn rönnten se all bannig dörch Hus, öwer Hoff, no Backhus rin. Dor wör schlacht un backt, un in de groot Dämper wörn de Schwientuffeln kokt. „Deern, hol mol düss Pott, bring mol de Pott, drog mol dütt no Kök, hol mol dat von Kök," se holten mi bannig ingang. Ick harr jo ok de jüngsten Beens, meene Oma. De ganze Hus rök no Fett, alles wär fettig. Tante hölpe awwaschen. Dat nöhm ganzen Dag keen Enn. Hund un Katten harrn een goden Dag, man müss bloß uppassen, dat de nich to good wör.
De Schlachter wär all lang no Hus, dor koke Mama noch stundenlang: Schmalt un Sült, schwart Supp un Suerfleesch. Tante kreeg een Emmervull Bröh un een örndlich Stück Fleesch mit no Hus. Wenn Unkel un Tante schlachten dän, kreegen wi Kinner ümmer

een „Lütt Worst". Eenmol bi Schlachteköst wär uns Kuseng dor, grod to pass un ohnungslos as Pingsten. „Nimm mol düss Sack un hol de Darmhaspel von Schmedt," sä de Schlachter to em. De Schmedt-Gesellen schalten glieks un packten em poor schwor Isenstücken in. Dormit schlepe he sick dörch ganz Dörp. To Hus ankomen, meene Papa: „Jung, nu kiek di mol an, wie een Darmhaspel utsüht." Alles lache; mi dünn he leed, weil he sick so schäme.

Een Johr müssen wi een anner Schlachter bestellen, uns Husschlachter harr krank wörn. „Paßt man good up", sä Tante, „de schall jo so klauen." „Wi loten em nich ut Ogen, eener mütt ümmer bi em bliewen," meene Mama. Öwer wer harr schon Tied, bi em to stohn! Wer? Na, ick. „Hol dien Ogen open un lot di nich von em wegschicken," kreeg ick Order von Mama. Dat wär nu leichter geseggt as gedohn. „Ach, Deern," sä Schlachter, „hol mi doch mol een groot Pott ut Kök." „Dor steiht doch een, een gröten Pott hewt wi nich," änner ick em. Een to null för mi! „Frog doch mol ju Mudder, ow se noch Mettwörstdarm hett," he geew so leicht nich up. „Ne," sä ick, „dat sünd se al de hier liggen, mehr hewt wi nich." Twee to null för mi! „Hol doch mol ju Mudder, se schall mol proben, ow an dat Mettworst noch Peper an mütt," versöche he dat noch mol. „Dat mok du man so, as du dat denkst," ick wär standhaft as een Eekbom, ick ruppele un röge mi nich von Steed. Un nu passiere dütt: Ünner dat dörchdreiht Mettworst hole he een groot Stück Fleesch rut un stoppe dat in Worstmaschin. Dorbi keek he mi an, as wenn he mi am leewsten ok dörch Worstmaschin jogt harr. „Sovöl Mettwörst as dütt Johr hewt wi noch nie hat," wunnere sick Mama. „Dat hewt ji mi to verdanken," röp ick stolz. „Ick hew dree to null gewunnen!"

Dat wär schön, twee Mudders un twee Vadders to hewwen, so as wi. Eenen künnst du ümmer an Liew komen. Solang as Papa in Krieg müsse, sorge Opa dorför, dat uns een streng Hand de Tögel holle. „Ji olle Wittköpp," schimpe he denn, „ji komt hüt obend barft to Bett." Un wenn Mama mit no Wisch oder no Feld müsse, ploge Oma sick mit uns aw. Öwer an Waschdag, dor wär Mama ganzen Dag in Backhus. Ick keek ehr bi Spölen to un bede: „Sing mi doch mol wat vör.“ Nu sung se mi een ganz durig Leed von een „Hänschen klein“ vör, de söben Johr von sien Mudder weglopen harr. Dat gefull mi gor nich. Wat se mi vertelle, wär völ lustiger: Wi se as Kind mol von een ganz Beet Arfen de Blöm awruppt, un wie ehr ehr Schwester mol de Ohren ganz vull Papierschnippel stoppt harr. Denn frög ick: „Mama, wat kloppt ümmer so in mien Bost?“ „Dat is dien Hart, wenn de nich mehr kloppt, is man dot.“ Nu spazierte ick Beitseinsweg anlang, un as ick ganz Eck weg wär, künn ick mien Hart nich mehr finnen. Rasch kehre ick üm un löp no Mama: „Mien Hart kloppt nich mehr, ick glöw, ick bin dot,“ röp ick. Up düsse Ort un Wies sorge ick dorför, dat Mama de Waschdag nich to langwielig wör.

„Wisch du man Kök up,“ meene mien Schwester, „de Stuw mökst du doch nich good nog.“ Kök upwischen mök Spoß. Ick stelle al Stöhl, de Holtkassen un wat ick noch bören künn, no Vörplatz rupp. Denn tög ick mien Höltentuffeln ut, pumpe mi een Emmer vull Woter, un kwatsche dat eenfach an Erd hen. De Kökenfootbonnen wär ut Zement, un ünnen an de Pump harrn wi een Götellock. Dor löp dat Woter aw no buten ünner Stroot weg. Nu nöm ick de Schrubber un legge los. Denn noch een Emmer vull Woter, un noch een, un denn fege ick dat mit Schrubber no Götellock rin. Denn wör noch beeten drög wischt, alles wedder rinsett, un fardig wär de Kök. Nu wull ick öwer ok mol de Stuw reinmoken. No lang hen un her erkläre sick mien Schwester inverstond. Ick geew mi groot Möh, fege alles fein ut de Ecken rut, vergeet ok de Spinnen nich un wische Stow. Alles bestens, nix an to meckern, dache ick. Mien Schwester nöhm de Bessen un fege noch eenmol. Se wiese up een groot Klump Dreck un meene putzgrienisch: „Dat nennst du utfegen? In dien Bude müch ick noher jo mol rinkomen.“ Woher harr se dat Dreck? Ick künn dat nich begriepen. As se dat annermol de Stuw reinmök, keek ick ehr up Finger. Se fege de Breed nich quer as ick, sondern lang. Dorbi köm ok dat Sand ut de Ritzen mit rut. Dor harr se also dat Dreck her! Annermol wüss ick Bescheed. Se möhe sick vergewens, noch wat to finnen. Un hüt, wo wie beiden groot sünd, kümmt se ganz gern mol in mien „Bude".

„Lot mi ok mol spinnen, Oma," bettle ick. „Ach Deern, so licht as dat utsüht, is dat man nich," änner Omi mi, „öwer man to." Dat seech ganz eenfach ut: Mit de een Foot pedde Oma ümmer ganz sachen as bi Neihmäschin. Un twischen twee Fingern dreihe se flink de Foden. Dat Wull kreegen wi jede Johr von Tante Toni ut Damnatz. Tante Toni wohne in een lütt Hus twischen Elw un Elwdiek. In Fröhjohr stünn dat Hochwoter manchmol bett an ehr Kökendör. Ick sette mi nu up de Schemmel, nöhm dat Wull up Schoot un füng an to pedden. Erst wär mien Foden ganz dick, denn wör he ümmer dünner un zack, reet he mi dörch. Ick versöche dat noch eenmol, denn geew ick dat up. „Sühst du," sä Oma, „dat is nich so eenfach, as dat utsüht." Se spunn wieder. Dat wär so gemütlich in warm Stuw, wenn de Spinnrad knarre.
„Fröher," vertelle Oma, „as ick noch jung Deern wär, spunnen wi al tosomen mol bi düss un mol bi dee. Un denn wör vertellt, Spökgeschichten un anner lustig Stückchen. Un wat hewt wi sungen! Ach, jo," se süffze in Gedanken an een schöne Tied. Wenn Oma al Spolen vullspunnen harr, denn köm för uns dat Best: dat Haspeln. Bi Dreihen güng ünnen an de Haspel een Klöppel hoch. Mit een lustig „Klack" schlög he wedder dol, wenn een bestimmt Tohl von Umdreihungen vull wär. Dat wär dat Mot för Wull, een „Popp". De müssen wi denn öwer uns Arms stülpen, un Mama wickele dor Knölen ut.
Nu künn dat Knütten losgohn. In Eck achter warm Kachelow stünn Oma ehr Löhnstohl. „Komt man bi mi up Wiem," nöde se uns. Dat löten wi uns nich tweemol seggen. In Schummerstünn bi Oma up Wiem, dat heete: Wi seeten up de Löhns, mit Rüch an warm Ow, Omas Knüttelsticken klapperten iwerig, un Oma vertelle von fröher. Se künn in Düstern knütten. „Lot uns man Schniederstunn holen," sä se, „brukt noch keen Licht anmokt warn." Oma wär sporsom.

Von leege Tieden

Dat wär jo nu Krieg. Wi Kinner funnen dat toll. Wi towten up Stroot un sungen:

„Panzer rollen in Afrika vor. . . .“

oder

„Flieger, komm wieder. . . .“

Aw un an packe mi dat Heimweh no uns Papa. Wenn he denn köm, bröche he uns ümmer feine Billerböker mit. Papa bruke ok nich so wiet weg as Unkel Willi, de wär in Ofriko, dor wo de „Panzer rollen“. Dat wär in Februar 1945, as Mama mit mi no Dannenbarg föhre. Ick schüll Poor Schoh kriegen, gegen Speck oder Schmalt. Anner Dag wör Dannenbarg bombadiert, un de Schostersfro köm dorbi üm. In uns Dörp tögen sick dütsch Soldoten tosomen, de Amerikoners drängten jem ümmer wieder an Elw ran. Hinnen up Beitseinsweg harrn se sick een groot Lock utschüppt för ehr Maschinengewehr. De Sook wör mulmig. „Wi mütten weg,“ sä Opa. Nu wörn Betten un Eeten up uns Ledderwog packt. Wat wärn wi upgeregt. „Wi flüchen, wi flüchen,“ freiten wi uns. Dorbi harr Opa bloß no Kuneitz in Holt rin wullt. Doch de dütsch Soldoten tögen aw. Wi seeten een Nacht in Keller, un dat wär leeger as Gewitter. Ick bölke de ganze Nacht. Anner Morgens wär alles ruhig, bloß in de Lock up Beitseinsweg stünn nu een amerikonisch Maschinengewehr. „Hest du em seehnt, Deern, hest du eben de Neger vörbi föhren seehnt?“ röp Opa ganz upgeregt. Ick harr woll een Auto gewohr wörn, de boben open wär, öwer keen schwart Minsch. Negers kenne ick ut mien Struwwelpeterbook. Un ick dache ümmer, de geew dat bloß in Ofriko. Nu föhrt mi een an Näs vörbi, un ick war em nich gewohr. Wat een Mallör! Sicher war ick nu nie in mien Lewen een Schwarten seehn, denn dat ick jemols no Ofriko kom, dat glöw ick nich. Un ow jemols wedder een Neger dörch uns lütt Dörp kümmt, wer kann dat weeten. Ick löt mien Kopp trurig hangen un sä: „Ick hew keen seehnt, Opa.“ „Du bist doch to dömelig“, meene Opa. Dat wüss ick alleen, dat bruke mi keener to seggen.

Nu wärn also de Amis dor! Un eenes Doges stünnen de frömden Kerls up uns Vörplatz. Wi schüllen rut ut uns Hus, denn se wullen rin. Dat wär een Upregung. Un keen Minsch künn Englisch. Mien Schwester bölke ut vull Hals, denn de Offzier nöhm ehr up Arm un verklore Mama, dat he in Ameriko ok lütt Kinner harr. Un ick rohre ut Mitgeföhl mit. Wi tögen mit Fedderbetten un Kledagen no uns Nowers röwer. Bloß dat Veeh bleew in uns Stall. To Fuddertied müsse Opa mit Mama röwergohn, alleen wär ehr dat doch to unheemlich. Mama mölke de Köh, fudder Höhner un Schwien, un vergeet ok de Katten nich. Mittlewiel wär uns Opa ok satt. De Amis harrn dat bald spitz kreegen, dat he gern een Lütten müch. Nu möken se sick dor een Spoß ut, em een uptohörpen. Eenmol nöhm Opa mi mit röwer. Mien Hart kloppe bannig. Ick hole sien Hand ganz fast. Dor seeten se al in uns Stuw, frog mi nich, wie! Mit Nors up Sofalöhn, de schwart Steweln up Sitz; sowat harrn wi mol wogen schüllt! Dat harr schön Norsvull awgewen! Glieks tüppten se „Grandfather" wedder wat in. Ick woge een Og no Kök rin. O, so harr ick mien Lewdag uns Kök noch nich seehnt. Pött un Pann, Töllers un Tassen, alles ut Schapp rut, un alles dreckig, un so völ Eierschäll, hupenwies, un Bargens von Feddern un Knoken! Oma wör sick freien. De künn ganz Woch wischen un waschen, bett se dat wedder klor harr. Mit de Nowerskinner, de ok neeschierig wärn, schleeken wi uns üm Stalleck hinnen no Hoff rupp. Dor stünn doch een amerikonisch Kerl un putze sick mit mien Tähnbörst de Tähn! Dat wüsse ick ganz genau, mien wär een blau un düss ok. „Dat segg ick Papa, wenn he ut Krieg kümmt," schimpe ick. Opa wat to seggen, harr in düssen Fall woll keen Zweck. Üm jem een uttowischen, klauten wi een groot Hup Puterfeddern, in ganz Dörp lewe woll keen eenzig Puter mehr, sovöl Feddern legen up uns Hoff. Eenmol harrn se uns gewohr wörn. Wi wullen rasch utkniepen, doch dor holle uns eener een Stück Schokolod hen. Schokolod! Dor harrn wi all völ von hört, öwer keener von uns wüss, wie dat schmecke. Een no anner schnappe sick een Bröck un neihe dormit üm Eck. Mit eenmol stünn ick ganz alleen dor. Schüll ick utrieten? Öwer dat schöne Schokolod! Langsom woge ick mi ran un föt rasch to. Un denn nix wie weg. Nie in mien Lewen hett mi wedder wat so good schmeckt, as dat erste lüttje Bröck Schokolod. Üm een groot Stück Kaugummi to kriegen, wärn wie teihn Johr to jung. Dor hett uns dull no giert, wenn de groot Deerns as sön Köh dor up rümkauten. Wenn man noch een beeten öller wär, künn man von de Amis ok een Pelzmantel kriegen. Eenes Dages köm Tante Erna ehr eegen Mantel up Stroot in möt. Dor kann man nix moken.

Wi harrn jo nu de Krieg verlorn, un Papa künn jeden Dag no Hus komen. Wenn he nu nachts bi de Amerikoners an Finster kloppe! In Uniform un mit Gewehr! Uns Mama lewe in Angst un Bangen. Öwer alles güng good. De Amis tögen no veer Wochen aw. Mama full een Steen von Hart. Un Oma freie sick, dat de Höhner noch lewen. Ok för Opa wär sorgt: Uns Kinnerbett stünn noch meist ganz vull Cherry Brandy un Aprikosenlikör. Papa wör mit anner dütsch Soldoten von de Engländers mit Schlauchboot öwer Elw holt. Se steeken em in een Gefangenenloger in Gorleben. Papa freie sick un danke Gott, dat he de Russen nich in Händen falt harr. De Engländers löten de Buern, de so un so völ Land harrn, no Hus to Plögen un to Seien. Papa sien beeten Land telle nich, dor füllen em sien Immen in. „Ich habe hundert Völker Bienen." sä he, un wat schall ick di vertellen, se löten em no Hus. Weil sien Immen em ut Gefangschaft hulpen harrn, bleew Papa jem sien Lewen lang treu.

In düss schwore Tied, as de Flüchtlingstrecks dörch uns Dörp tögen, harr Unkel as Börgermeister dorför to sorgen, dat de Lüd un de Peer to Nacht ünnerbröcht wörn. Ick wär domols noch sehr lütt, öwer an de een Obend kann ick mi noch ganz dütlich besinnen. Tante bröche uns een Fro mit een lütt Deern tum Öwernachten. Se warmten sick in Stuw, un Oma sette rasch een Pott Pelltuffeln up Füer un schneed Speck in Pann. Dorto geew dat dick Mölk mit Zucker up. Wat de beiden von Hunger harrn, wi jem dat schmecke!

Denn sä Oma: „Ji beiden Deerns schlopen hüt Nacht bi mi." Se tög frisch Bettwäsch up un sä to de Flüchtlingsfro: „Hier ist Ihr Bett, schlafen Sie man gut." De lütt Deern keek de dick Fedderbett an un röp: „Guck mal, Mutti, ein richtiges Bett!" Tum ersten Mol in mien Lewen hew ick markt, dat sich dat nich von sülwens versteiht, dat man jeden Dag satt to eeten un jede Nacht sien warm Bett hett. Dorum hew ick düsse Obend bett hüt nich vergeeten.

An de Hamstertied denk ick gern trüch. Wat wärn de Züg ümmer vull Minschen! Wi wohnten jo glieks an Bohnhoff, bi uns müssen se al vörbi. Un de meisten kömen bi uns rin. Oma frög no Neihnodels oder Stopptwist, no Twern un Knöp. Öwer wi Kinner luchsten no ganz anner Krom. Un wenn se denn utpacken dän, o, am lewsten müchen wi alles hewwen: de bunt Vogelbiller, de Glasparlen, de Buntstiffen, de Marmeln, oder so een fein „Kaleidoskop". De wär ut Papp, innen mit Speegels un bunt Scharweln. Wenn man em dreihe, zeige he uns bunt Sterns, ümmerto een anner. Nie seechen twee Sterns gliek ut. Man künn dor stundenlang rinkieken. „Oma, de müch ick hewwen," bettelten wi. För een poor Eier oder beeten Speck höre uns dat denn. „De willen wi," dörfen wi nich seggen.

„Kinner, de wat willen,
kriegen wat up de Brillen,"

sä Oma denn. Mannichmol kömen ok Lüd rin, de harrn nix mehr to tuuschen. Denn schmeere Oma jem een schön dick Bodderbrot mit Worst. „Bi mi geiht keener hungrig weg," sä se, un so wär dat ok. Wi freiten uns öwer jede Spöltüg, de Oma för uns intuusche. Dat dor een anner Kind üm weenen dä, doran to denken, wärn wi tum Glück noch to lütt.

Von Buschhacken un Ooten scheeten

In Winder, wenn keen Hei to drögen un keen Korn to meihen wär, holten Mama und Papa Busch ut Achterhegen. Opa stoppe sick een Strohsack, legge sick de vör sien Hauklotz und güng up Kneen dol. Un denn künn man jeden Dag bett Düsterwarn sien „pick, pick“ hören. He mök Wosen, Bünnels ut kort hackt Holt. Dormit künn man fein de groot Kachelow anböten. Meist Tied müss Mama ok mit hacken, süss seet Opa ganz Winder vör sien Hauklotz. Dat nöhm een Enn, as de Genossenschaft een Buschhackmäschin anschaffen dä. Alle Mann packten mit an, dat Busch rantoschleepen, un Papa stoppe dat no Mäschin rin. In poor Stunn leeg dat ganze Busch kott un kleen up Hoff. Ick mök mol wedder alles verkehrt! Statt ümmer glatt von boben awtonehmen, ruppe ick an dat Ünnerst rüm. As ick an een lütt Barkbom reet, lache Papa: „Du mökst dat richtig. Du müst ümmer fein von ünnen ruttrecken, dat Bömelst geiht denn von alleen los.“

Papa bestünn sien Jägerprüfung glieks bi de erst Anlop. Nu müss jo ok een Gewehr her, ne, eegentlich twee: een Flint un een Kugelbüchs. Mama dure dat Geld, öwer Papa meene: „Dat kümmt jo wedder rin. Du hest jo nu ümmer Fleesch up Disch, dorför war ick schon sorgen.“ „Na, wo hest du denn nu de Ooten?“ frög Mama, as Papa von sien erst Ootenjagd no Hus köm. „Och, de oll dömelig Köter,“ schimpe Papa, „de is jo nich no Woter rintokriegen. Wenn ick nu een Oot anscheet, un de fallt in Woter, denn mütt dat arm Tier sick dotquälen.“ Dat seech Mama in. Papa schaffe sick een richtig Jagdhund an, de ok in ieskoll Woter güng, un nu klappe dat. Papa bröche Ooten öwer Ooten, bett keen Minsch de oll tog Dinger mehr seehn müch. „De lohnen nich dat Ruppen,“ quake Oma, „un denn bitt man dauernd up Schrotkorns.“ Oma harr Angst um ehr nee Gebiß.

„Bring doch lewer mol een schön Karniek," schlog Mama vör. Doch Papa köm ohne wedder. „Wo hest du denn nu de Karniek?" frög Mama. „Och," änner Papa, „dor löp mi een dicht vör Näs vörbi, doch ick künn dat nich öwer Hart kriegen, up em to scheeten." „Du bist mi een schön Jäger," räsonniere Oma. Doch ick künn Papa verstohn. Dat wär so as mit dat Blömerawruppen; eegentlich noch völ leeger. Dat güng Papa eenfach gegen de Natur. Dat Scheeten mök em keen Spoß. So köm dat, dat Papa sick obends sien Gewehr ümhung, sien Hund an Lien nöhm un eenfach „spazieren" güng. Ut een Jäger wör een Heger. An geschützt Steeden in Holt mök Papa von Breed un Stroh Fuddersteeden för Fäsons un Rabhöhner. In Winder güng he nu jeden Dag mit een Büdel vull Fudder in de Feldmark. Dat mök em mehr Spoß as dat Awknalleree. Un Oma freie sick, dat se nu keen Ooten mehr to ruppen bruke.

Een Dag, as Papa dörchfroren von Ootenscheeten no Hus köm, lache em een Buddel so fein goldgeel an. Annertied mök he sick nix ut dat oll „Tokel" von Schluck. Doch düttmol giere em dor örndlich no. „O, wat von feine Kunjack," sä he un sette de Buddel an. „Dat is doch dien . . ." öwer ehrer Mama „. . . Gewehr-Oel," seggen künn, rönne Papa all no Woterhohn. He spucke un pruße, görgel un speehe, dat höre sick an, as wenn dor sön Nilperd in Kök ingang wär. „Dor hört jo ok een Zettel upbackt, dat man süht, wat dor in is," meene Mama. Un dat dünn Papa glieks, wat süss eegentlich nich sien Ort wär.

Mit Höltentuffeln un Tornöster

„Fang dat doch gor nich erst an," meene Papa, „schick doch uns Kalw hen." Öwer dor köm he bi mi ganz verkehrt. Ick wull no School, künn de Tied jo gor nich mehr awtöwen. Mien Schwester güng all een Johr hen. Lesen un Schriewen harr ick all bi ehr mitlernt. Öwer nu wull ick ok endlich mol Heringe kriegen. So harr ick dat ümmer verstohnt, wenn de Kinner von „Ferien" schnacken dän. „Wir kriegen Ferien, wir kriegen Ferien," ganz narsch künnst du dorbi warn. Ick wull nu weeten, wat dat mit de „Heringe" up sick harr. Mien Opa, de jo Schniedermeister west harr, neihe mi ut een oll Autositz een Tornöster, schwart Ledder, sowat Feines harr keener uptowiesen. Natt Schwamm, dröge Lapp, Tofelstick in Penol, Tofel, Bodderbrot un Schnöfdook — nu künn dat losgohn mit dat „Hochdütsch".

„Wat hett Köster denn hüt von ju weeten wullt," frög Oma mi. Se sä „Köster" oder „Schoolmeister". „O, wi müssen em wat vörbeden." „Un wat hest du bed?" „Na, dat, wat Opa mi lehrt hett: Treuer Jesu, wache du," vertelle ick. Dat wärn fief lang Strophen, un de Kinner in Klass dachten all, ick holle gor nich wedder up. „Un wat wi hüt lacht hewt," plapper ick wieder, „Ute hett to Herrn Eilers seggt: ‚Du, ick hew Dörst, giw mi mol wat to drinken', un Inge hett an Duum nuckelt. Erika müch sick nich melden un hett up Bänk mokt." Herr Eilers stamme ut de Bremer Eck un künn Plattdütsch, sünst harr he ok woll een Dolmetsch brukt.

Dat geew bloß veer Klassenruums in uns School, dorum müssen wi Lütten ok mol nomeddags no School. In Winder, wenn dat fröh düster wör, sä Herr Eilers: „Alle Kinder aus Hohe Luft und Teichlosen dürfen eine Stunde früher nach Hause, die aus Breustian und Volkfien eine halbe." De Teichlosener müssen dree Kilometer lopen, wi bloß een. Dorum müssen wi ok bett toletzt bliewen.

„Wir gehen aus der Schule fort,
Herr, bleib bei uns mit Deinem Wort,

mit Deinem Schutz und Segen
auf allen unseren Wegen."

Bi „Amen" stormten wi all ut Klass.

„Na, wat hett Köster denn hüt seggt?" frög Oma. „Herr Eilers hett uns hüt een Film wiest, von Hos un Igel, dat wär toll," vertelle ick. Doch wie verzaubert wi dat erste Mol in uns Lewen een Film seehnt hewt, dat kann uns hüt keen Kind mehr noföhlen.

Mit Herrn Eilers mök dat öwer ok bannig Spoß. Eenmol an een Wanderdag mäschierten wi mit em no de Sallahner Sülwerbarg. In düsse Barg harrn de Ünnererdschen ehr Sülwer vergroben. Dat wullen wi nu söken. Een Rüwwel leenten wi uns in Sallahn. Dormit wör nu awwesselt growt. Mit eenmol köm een bleckern Kassen an Dageslicht. „Dat Sülwer, wi hewt dat Sülwer funnen," jubelten wi. Herr Eilers mök de Deckel hoch. Bodderkoken, luter frisch Bodderkoken! Wer harr dat denn backt? De Ünnererdschen? Schmecken dä dat dull. Wi vergeeten sogor dat Sülwer. Wat harrn wi dor ok mit schüllt?

So güng de erste Johr to Enn. Wat de „Heringe" to bedüden harrn, wüsse ick jo nu. Nu geew dat Tügnisse. Wievöl Eensen dor woll instünnen? Wat wär ick neeschierig! Un denn lees ick:

Magda ist eine eifrige Schülerin,
nur im Schreiben muß sie etwas sorgfältiger werden.

Dat wär allns! Keen Een, keen eenzig Een! Dorför harr ick mi nu dat ganze Johr awrackert. Öwer as ick denn seech, wi Opa sick freie, un wie he mi lowe, funn ick mi dormit aw.

In dritt Klass kreegen wi een „Hilfslehrer", bi de künnst du ok bloß „Hilfe" ropen. „Singen" geew he am leewsten. Wi sungen jeden Dag. „Brummer raus," röp he denn, un im Nu wärn al Jungs up Schoolhoff un spölten Football. Diktot schriewen seech so ut: Eener schreew dat vörn an Tofel, un al annern schreewen dat aw.

An een „Wanderdag" tögen wi mit Handwogen in Holt, Pilze un Dannenappeln söken, de Pilze för Naturkunde un de Dannenappeln för de Kachelow in uns Klass. Wi leggten de Pilze vörn up Pult,

un uns Lehrer vertelle uns, wie se heeten dän, ümmer fein de Reeg no. Helmut sien Riesenpilz leeg ganz as Letzt. He künn de Tied nich awtöwen, bett he an Tour köm. „Und wie heißt mein Pilz?“ frög he, doch uns Lehrer löt sick nich stören. „Dies ist ein Birkenpilz und das ein Steinpilz. . . . .“ „Und wie heißt mein Pilz?“ frög Helmut allwedder. „Das ist eine Rotkappe, dies eine Marone. . . . .“ „Und wie heißt mein Pilz?“ Helmut harr dat dull up Liew. He künn sick eenfach nich togewen. „Da hast du deinen Pilz!“ gröle uns Lehrer un klatsche Helmut dat Matschding up sien Disch. Wi lachten uns bald een Kringel an Buk, un Helmut weet bett hüt nich, wat von „Sonderexemplar“ em domols um Ohren spritt hett.
Eenmol in Naturkunde-Stunn besöchen wi een Imker. Wenn man alles genau seehn will, de Woben, de Brut, de Königin, denn mütt man schon schön dicht rangohn an de Körw un Kassens. Un dat dünnen ok al — bett up mi. „Magda, du kannst ja gar nichts sehen,“ röp uns Lehrer, „komm doch dichter ran!“ „Och, ich kenne das ja alles. Mein Vater hat auch Bienen,“ rede ick mi rut, denn ick künn jo schlecht seggen, dat ick een Sicherheitsabstand inholle. To Hus kreeg ick nog Immengift, dat bruke ich mi nich ok noch bi frömde Immen to holen.

Von Lachen un Weenen

„Wi sünd to Köst nöd un schölen Blömer streien," jede Kind in Dörp harrn wi dat all dreemol vertellt. Wi freiten uns ganz ungeschickt. Mama neihe uns ut een Hokenkrützfohn schöne rode Kleeder. Dat wär fein Tüg, bloß beeten stief un warm. No de Pulderobend dörften wi nich hen, wi hörten jo to de Köstenlüd. De groot Deerns un Bengels ut Dörp bunnen Kränz un Schleifen, för de Kirchendör, de Bruthus, de Kutschen. Un puldern dünnen se ok örndlich. Mama seepe uns von Kopp bett Fööt aw un steek uns fröh to Bett. Anner Morgens Klock teihn güng dat los. Erst geew dat een feine Fröhstück, un denn güng dat los no Kirch. Wi as Blömerstreiers hörten mit up de Brutwogen. Söben oder acht Kutschen föhrten nu mit Geknalle un Gejuche no de Breselenzer Kirch. Doch wat dure dat von Tied, düss een Kilometer achter sick to bringen! Al Näslang harrn de dörpsch Kinner Taue öwer Stroot spannt, un erst wenn de Brutmudder genog Köstennöt un Bolschen schmeeten harr, tögen se de Taue trüch.

Vör Kirch stellten sick de Poore up, mien Schwester un ick mit uns lütt Blömerkörw vörn vör de Brutlüd. De Klocken fungen an to bimmeln, wi mäschierten los un streiten ümmer vör dull uns Blömer up de Weg. An Kirchendör harrn wi keen mehr in in uns Korw. As wi an de Altor ankömen un uns ümkeeken, wärn wi ganz alleen in Kirch. „Wi hewt to dull rönnt, annermol mütten wi langsomer gohn," sä ick to mien Schwester. Bi de nächste Köst müssen wi de Schleier drogen. Wi güngen so langsom, dat wi de arme Brut meist de Schleier von Kopp tögen. Künnst de Grooten jo sowieso nix to pass moken.

Wedder trüch von Kirch, güng an langen Dischen up Groot Däl dat Eeteree los. Stunnenlang Meddagbrot, denn Kaffee un Koken, al Sorten von Torten, uns wär gor nich good. Dor wör vertellt un drunken, un no de Spaziergang füng dat Danzeree an. As de Schleier awdanzt wär, un de Brutlüd to Bett güngen, dor sungen de Kerls:

„Ihr Kinderlein kommet,
o, kommet doch all. . . . .“

Dorbi wär noch lang keen Wiehnachten, wär doch erst Mai! Un anner Dag stünn een Kinnerwogen boben up Dack. Wat dat schüll?

Mama un Papa seechen so fierlich un ernst ut in ehr schwart Tüg. Se wullen no Obendmohl. „Hewt ji uns wat to vergewen?“ frögen se uns. „Ne, ick nich,“ änner ick. De Norsvull von Dag vörher harr ick verdeent, ick harr mien Schwester ehr Popp de Beens utreeten. „Worum frogen ji uns dat?“ wull ick weeten. „Man mütt erst in Hus Freden moken, wenn man no Obendmohl geiht,“ verklore Papa uns. Ick harr to gern mol dorbi west.

Eenes Dages köm uns Pastor, üm Opa dat „letzte Obendmohl“ to gewen. Nu wärn wi Kinner ok dorbi. Öwer dat wär so durig. Mama un Oma weenten ümmerto. Un ick hew vör luter Trönen gor nich mitkreegen, wat dat nu mit dat Obendmohl up sick harr. Toletzt bedten Pastor un Opa tosomen een Vars, de ick ok künn:

„Nun so will ich wallen meine Fahrt dahin,
bis die Glocken schallen, und daheim ich bin.
Dann mit neuem Singen jauchz ich froh Dir zu:
Nichts hab ich zu bringen, alles Herr, bist Du.“

As ick anner Morgens no Kök rinköm, höre ick Papa seggen: „Toni mütten wi woll ok nöden un Breeser Unkel.“ Ick wüss glieks, wat dat bedüre. „Opa hett hüt Nacht inschlopen,“ Papa nöhm mi in Arm. De „Achterskomer“, wo sünst de Korn- un Schrotsäck stünnen, wör utrümt. Dor leeg Opa nu in, ganz alleen. He dünn mi so leed. Ick güng no Achterskomer rin, decke Opa de groot Look von Gesicht un seet ganz still bi em, bett Mama mi dor funn. Mama un Papa wunnerten sick, dat ick gor keen Angst harr. Worum schüll mi denn woll vör uns Opa grolen?

Denn köm de Gräwnisdag. De open Zarg stünn up Holtböck minnen up Groot Däl. Opa seech so friedlich ut in sien schwart Anzug, de Hännen folt. Nu versammelten sick masse Lüd up Däl, al in schwart Tüg, de Kerls mit Gehrock un Zylinderhot. Se sungen un

bedten, un denn müssen wi Opa „Wiedersehn“ seggen. De Zarg wör tomokt un up de schwart Liekenwogen stellt. Twee schwart Peer tögen langsom mit em los, un de Lüd güngen achteran. Tante stötte de Holtböck üm, un ut Husdör göten de Kökschen Woter up Stroot. Dat full mi erst wedder in, as ick een Book öwer dat Wendland lees. De ümkippt Böck un dat Woter schüllen Opa sien Seel de Trüchweg versparren. Dormit he uns nix andon künn.
Opa uns wat andon! De hartensgoode Minsch! Sien Seel jauchze doch all lang bi sien Herrn. Up sien Grawsteen löt Papa denn ok schriewen:

Ich liege und schlafe ganz mit Frieden.

Un een poor Riemels ut mien Kinnertied, dormit se nich vergeeten warn

Schult, Schult, Puterhohn
künn nich öwer Woter kom,
dat Woter wull em bieten,
dor füng he an to quieken.

*

Bock, Bock, stööt mi nich,
Howergrütt dat mag ick nich,
Speck un Brot dat krieg ick nich,
bi mien Buer bliew ick nich.

*

Suse, leewe Suse, wat raschelt in Stroh ?
dat sünd de lüttje Gössels, de hewt gor keen Schoh.
De Schoster hett Ledder, keen Leesten dorto,
dorüm gohn de Gössels barfoot un hewt gor keen Schoh.

*

Wi wi wi, wer schlöpt hüt Nacht bi mi ?
Dat schall uns lüttje . . . . . . don,
Dat is mien oll lütt Zuckerhohn,
wi wi wi.

*

Muhköken von Halwerstadt,
kumm un bring uns . . . . . wat.
Wat schall ick ehr denn bringen ?
Een Poor Schoh mit Ringen,
een Poor Schoh mit Gold beschlogen,
de schall se to Sönndags drogen.

Kuckuck un de Wippsteert
seeten beiden up Füerherd,
Kuckuck harr sick Nors verbrennt,
o, wat lacht de Wippsteert!

*

Kiwitt, wo bliew ick,
in Brummelbeerbusch,
dor fleit ick, dor sing ick,
dor hew ick mien Lust.

*

Wenn Ostern is, wenn Ostern is,
denn schlacht uns Vadder een Bock.
Denn danzt uns Mudder, denn danzt uns Mudder,
denn wackelt ehr de Rock.

*

To Bett, to Bett steiht all mien Sinn,
wenn ick upstohn schall,
schlop ick ümmer wedder in.

*

Du bist mien wacker
bescheeten Racker.

*

Magst mi lieden?
Kannst mi kriegen,
kriegst mi man nich,
uns Mudder verköft mi doch nich!

Kartuffelsupp, Kartuffelsupp,
de ganze Woch Kartuffelsupp,
un Sönndags holt dat noch nich up.

*

Goh no Hus,
brot di een Mus,
schmiet em up Dack,
kriegen Vadder un Mudder nix aw.

*

Tungenbreeker

Ick — seggt se — wull — seggt se — mol — seggt se — frogen — seggt se — ow — seggt se — ick — seggt se — mol — seggt se — de — seggt se — Bodder — seggt se — Fatt — seggt se — kriegen — seggt se — künn — seggt se — uns — seggt se — steiht — seggt se — achter — seggt se — de — seggt se — groot — seggt se — Dör — seggt se — de — seggt se — hewt — seggt se — uns — seggt se — Kinner — seggt se — vull — seggt se — scheeten — seggt se.

*

Schniederscheer schnitt scharp,
scharp schnitt Schniederscheer.

Een Wort tum Schluß.

Mit Opas Dod güngen ok mien beste Kinnerjohr to Enn. Wi wärn nu Schoolkinner un wussen allmählich öwer uns lütt Dörp rut. De oll Lüd von domols liggen all lang up Kirchhoff. Ok völ von uns Öllern-Generation sünd all nich mehr. Bald stohn wi in de erste Reeg. Öwer wat uns dat Lewen ok noch bringen mag, dat eene kann uns keener nehmen:

De Erinnerung an een heele Welt,
an uns Kinnertied!

Wortverklarung

ännern	antworten
al	alle
all	schon
anböten	anheizen Feuer anmachen
watt awneihen	verhauen
Bodderblömer	Löwenzahn
Boddervogel	Schmetterling
bören	heben, tragen
Borstdok	Weste
as de Döker	wie der Teufel
Draak	Drachen
duren	dauern
durig, trurig	traurig
Eemeken	Ameisen
fotkriegen	erwischen
Häger	Häher
Hannötter	Storch
Hannötterblömer	Wasserschwertlilie
Harwst	Herbst
hölpen, hörpen	helfen
eenen uphölpen	betrunken machen
Imkerhuw	Imkerhaube
in möt	entgegen
eenen intüppen	betrunken machen

mit vull Klajeer	sehr schnell
Klüten	Klöße
Knölen	Knäule
Köst	Hochzeit
Köstennöt	kleine Brötchen
Korrers	Hüter, Schäfer
Liekdorn	Hühnerauge
dat up Liew hewwen	eifrig und ungeduldig sein, es eilig haben
eener an Liew komen können	jemanden erreichen
dat lött fein	das sieht gut aus, kleidet gut
Moot	Mut
Mot	Maß
wi müssen (eegentlich)	wir sollten, müßten
Muss	Moos
Ös	Biester
Osdirt	Biest, Mistvieh
Osterblömer	Buschwindröschen
peisgern	kokeln, mit Feuer spielen
Penol	Federkasten
plattbarft	barfuß
Rehmel	Knick
Rietsticken	Streichhölzer
Rüwwel	Spaten
Schleeden	Schlitten
Schluck	Schnaps

Schosterpluckholt	Pfaffenhütchen
Schwöboken	Schwalben
Sogspön	Sägespäne
Strott	Luft- und Speiseröhre
tennsföten	am Fußende
tog	zäh
Tokel	(schreckliches) Zeug
Ütsch	Kröte
Ummoken	Hummel
eener verseehen	mit einem „Bösen Blick" jemandem schaden
Vörplatz	Flur (Haus-)
Wenack	Enterich
Wiem	Schlafstange für Hühner
Wippsteert	Bachstelze
Wittköpp	Flachsköpfe, auch regenanzeigende Wolken
Wörteln	Mohrrüben, Wurzeln
Zipolen	Zwiebeln

Die Autorin, Magda Hartwig-Koosmann, geboren am 10. April 1941, wuchs in Jameln, einem Runddorf im Landkreis Lüchow-Dannenberg, auf.

In der Großfamilie, drei Generationen, wurde ausschließlich plattdeutsch gesprochen; vom Vater, dem die Autorin in diesem Buch ein liebevolles Denkmal setzt, erbte sie Naturverbundenheit.

Nach dem Besuch der Mittelschule in Dannenberg und einer kaufmännischen Lehre arbeitete sie in verschiedenen Betrieben im heimischen Landkreis.

Heute lebt die Autorin mit Ihrer Familie in Kiel, wo sie als Buchhalterin in einer Großhandelsfirma tätig ist.